なんちゃってホットサンド

目次

本文イラスト　芳野
本文デザイン　児玉明子

鍋焼きうどん　1月6日

お正月の3日が過ぎたら、速やかに道具類を片付け、通常モードへ。

今年は、たっぷりと日本のお正月を満喫した。

おせちは、いつもの3種類（黒豆、伊達巻、五目なます）の他、数の子、酢蛸《すだこ》、ニシン、コハダなどをちょこちょこと準備。

わりと早めに取り掛かったので、特に髪を振り乱すこともなく、味も、今まででもっとも安定していたかもしれない。

それに今年は、初めてよそのおせちも頼んでみた。

ちょうど二人分というのがあり、プロのおせちがどんなものか、興味があったので。

これがまた、素晴らしかった。

山形のおせちらしく、山菜やら、鯉のことこと煮やらが入っていて、誰かが作ってくれるおせちは美味《おい》しいものだなぁ、と実感。

いつもはお客様がいらっしゃるのだけど、今年はコロナでお客様もお見えにならないし、おもてなしのことを考えなくていい分、気持ち的にはずいぶん楽だった。

時間に余裕がある分、韓国映画を見て楽しんだ。

お雑煮も、関東風の他、白味噌《みそ》を使った京風のも堪能し、おもちの量もちょうどよかった。

思ったけど、おせちって、もっと食べたいな、というくらいで終わるのが理想かもしれない。

その点でいうと、今年はまさにそんな感じで、まだおせちあるの〜、という雰囲気にならなかったのがよかった。

多分、おせちを一気にたくさん作ろうとするから、飽きるのだ。

そのことに気づいて、今年は、なんとなく旧暦のお正月までをざっくり「お正月」扱いにし、週末ごとに、まだ作っていないおせちを作ってみようと目論んでいる。

そうすれば、無駄にすることもないし、飽きてしまうこともない。

それでも残ったおせちは、鍋焼きうどんにしてしまう。

土鍋に、うどんの他、かまぼことかなるとか鶏肉とか、場合によっては昆布巻きとか、とにかく冷蔵庫に余っているおせちを入れて、グツグツと火にかけるだけ。

これをすると、お正月も終わって、普段の暮らしに戻ったことを実感する。

体もあったまるし。

寒い夜の鍋焼きうどんほど幸せなものはない。

そうそう、山形のおせちを食べて思い出したけれど、数の子といえば、必ず枝豆と一緒に出汁《だし》につけたのが定番だった。

数の子と枝豆って、とても相性がいい。

子どもの頃はそれが当たり前だと思っていたけど、大人になったら、数の子だけを出汁に浸して食べる方が主流になり、いつしか、数の子と枝豆のコンビを忘れていた。

でも、山形のおせちにそれが入っているのを見て、そうだったそうだったと思い出し、もっとむしゃむしゃ食べたくなって、さっそくスーパーで秘伝豆を見つけ、残っていた数の子と抱き合わせた。

これは、日本酒のいいアテになる。

一年に一度、お正月にだけ使うハレの器で、ハレの料理をいただくと、心が改まっていいものだなぁ。

一年のうちたった3日ほどしか使わない器なんて勿体《もったい》ない気もするけれど。

また来年会えることを楽しみにしている。

同世代

1月12日

丑《うし》年生まれのわたしは、今年が年女だ。

そして、今年7歳のゆりねは、犬を人間の年齢に当てはめると、年齢かける7なので、わたしとほぼ同世代になる。ということに、最近気づいてハッとした。

お互いに中年で、すでに人生の折り返し地点を過ぎているではないか。

近頃のゆりねは、めっぽう甘え上手になった。

すぐに、抱っこ〜、とせがんでくる。

子犬の頃は、こちらが抱っこしたくても、すぐに逃げてしまっていたのに。

今では、わたしのこと、居心地のいい座布団だと思っているみたい。

7歳になったくらいから、意思疎通ができていると感じる場面がやけに増えた。

コロナのステイホームで、今まで以上にいっしょにいる時間が長くなったというのもある

かもしれないけど、それよりはゆりねが歳を重ねたことで、お互いに相手を理解する能力が高くなってきているように感じている。

家に来たばかりの頃は、それこそ、ゆりねが何を求めているのかも全然わからなかった。でも今は、表情や仕草、行動パターンで、いくつかのメッセージを確実に受け取れるようになった。

お腹すいた！　ご飯ちょうだい、眠いから今はちょっかい出さないでね、トイレに行きたいんですけど、遊ぼう！　そろそろお散歩に行きませんか？　抱っこして〜　大好きだよ！　痒《かゆ》いから背中かいてくれる？

そういうことを、体全部を使って伝えてくる。

言葉そのものは、「おやつ」「おいしい」「ワンちゃん」「おとうさん」以外ほとんど通じないけれど、ゆりねはゆりねでこちらの言うことを一生懸命理解しようとしているし、わたしも、ゆりねが今何を求めているのか、だいぶ察しがつくようになった。

そうなってくると、ますます愛情が深まってくる。

くぷぅ、くぷぅ、と以前はかかなかったいびきをかきながら無防備な姿で寝ているのを見ていると、愛おしくて愛おしくてもう本当にたまらない気分になるのだ。

少しでも長生きしてね、と、毎回、祈るような気持ちになる。

先日、わたしよりちょうどひとまわり年上の友人と電話で話していた時のこと。

「わたしなんてさぁ、ついこの間小学校卒業したばっかり、って感じだよ！」

彼女が言った。

確かに自分の人生を振り返っても、成人式どころか、小学校の入学式ですら、「ついこの間」みたいな感覚になる。

そのことを踏まえると、この先ゆりねといっしょに過ごせる時間も限られているのだなぁ。

一日一日が、ゆりねからの貴重な贈り物だということを、噛《か》みしめながら生きていきたい。

ゆりねは人生の前半たくさんわたしに付き合ってくれたから、後半はわたしがゆりねの人生に寄り添いたい。

そう思う今日この頃だ。

甘えん坊のゆりねは、今もわたしの太ももの上でまどろんでいる。

態度がだんだん「おばさん」ぽくなってきて、それがまたかわいい。

寒い日は、特にゆりねの温《ぬく》もりがありがたくなる。

おじいさんと犬

1月22日

ペンギン（元夫）がゆりねを連れて、近所を散歩していた時のこと。

人懐っこい柴犬が、近づいてきた。

ペンギンが手を差し出して挨拶していると、飼い主のおじいさんがいきなり言ったそうだ。

「パパになってよ」

そして、自分の持っているリードを渡そうとした。

聞けばおじいさん、心臓の手術をしたのだという。

もともとの持病があったところに、最近、癌《がん》も見つかった。

さすがにもう自分の力ではこの子を飼えないと判断し、こうやって散歩しながら、新しい飼い主を探しているのだとか。

柴犬は6歳で、とても愛想がいいらしい。

身につまされる話だった。

連絡先は聞いたの？　オス？　メス？　名前は？

矢継ぎ早に質問するも、ペンギンはわからないと首を傾《かし》げる。

一瞬、うちで引き取ってあげたら、という考えが頭をよぎった。

それが無理でも、おじいさんが困っている時、一時的に預かるとか、何か力になれることがあるかもしれない。

おじいさんも不安だろうけど、柴犬だって何かを察して、不安に感じているかもしれない。

せめて連絡先でもわかればと、わたしも、近所を歩くたびキョロキョロ見回しているけれど、それらしきおじいさんと犬の姿にはまだ出会えない。

いい里親が見つかって、早くおじいさんも柴犬も、安心して暮らせるようになればいいのだけど。


おじいさんと犬といえば、先日、近所に買い物に出かけた時のこと。

横断歩道を、白い犬がリードをぐいぐいと引っ張って、前へ前へと歩いている。

飼い主の男性は、完全に飼い犬に操られている格好だった。

ずいぶん躾《しつけ》のなっていない犬だなぁ、と遠くから呆《あき》れて見ていたら、なんのことはない、うちの犬だった。

さて、今わが家のブームは、『バビロン・ベルリン』だ。

これは、ドイツで製作されたテレビドラマシリーズで、莫大な製作費をかけ、壮大なスケールで作られたもの。

舞台となるのは、今からちょうど100年前に存在したワイマール共和国で、第一次大戦に敗れた後の1919年からナチスが台頭する1933年まで、14年間ドイツに存在した時代のお話だ。

当時もっとも進んでいたと言われるワイマール憲法のもとで、人々は自由を謳歌し、映画や演劇、ラジオなど、多くの文化が花開いた。バウハウスが誕生したのもこの時代。ベルリンにはたくさんのカフェやキャバレーが誕生し、夜な夜な煌《きら》びやかなショーが開催され、ベルリンの黄金時代と言われている。

ストーリー展開も映像も破格というか掟破りで、度肝を抜く展開に、毎回ハラハラさせられる。

これがテレビで放送されたなんて、驚きもいいところだ。

間延びしていると感じさせる場面がどこにもなく、それでいて、その時代を包み込んでいた退廃的なムードが随所に表現され、キャバレーでのダンスのシーンも見応えがあり、映像も美しく、この外出自粛期間中家にこもって見るのにはうってつけだ。

舞台がベルリンなので、見覚えのある風景や建物、通りが出てくるのもたまらなく、この数日、やめられなくなってシーズン1と2を合わせて、合計16本を一気に見てしまった。

なんならもう一回最初から見てもいいくらい。

そして早く、シーズン3も見たい！

ナチスが台頭する前の時代にドイツで何が起きていたのか知るにはとてもいい作品で、ドラマとはいえ、社会的な背景などは、かなり史実に基づいて作られている気がする。

まだの方は、ぜひこの機会に。

おすすめです。

ひのはらセット　1月26日

空は春、地上は冬。

でも公園の花壇には、ぼちぼち水仙の花が咲いている。

川沿いの桜の木も、ぷくっと蕾《つぼみ》を膨らませて春の訪れを待っている。

ひのはらセットが届いた。

東京都檜原村。

そこに移り住んだ知り合いが送ってくれる、通称ひのはらセット。

いつものパンと舞茸《まいたけ》に加えて、今回はひのはら紅茶となつはぜのジャムも入れてくれた。

なつはぜ。

そんな名前の植物、知らなかった。

調べたところ、日本に古くからある和製ベリーだという。

山の黒真珠とも言われているのだとか。

なつはぜのジャムは、シュニッツェルに添えて食べてみた。

シュニッツェルは、ドイツ版トンカツみたいな肉料理。

そろそろ、シュニッツェルが恋しくなってきた。

豚肉（もしくは、仔牛肉）を薄く薄く叩《たた》いて、それに衣をつけて油で揚げ焼きにする。表面積が大きいので、初めて見るとたじろぐけれど、その分薄いので（昔は日本で紙カツと呼ばれていた）、結構ぺろりと食べられる。

で、ドイツでシュニッツェルを頼むと、かなりの確率でレモンと甘いジャムが添えられて出されるのだ。

お肉に甘いジャム?!?　と眉を顰《ひそ》めそうになるけど、結構これがそれほど違和感がなかったりする。

舞茸は、半分はきりたんぽ鍋に入れ、半分はペーストにした。

ペースト、他の種類のキノコを入れてもいいのだけど、わたしはいつも、舞茸だけで作ってしまう。

基本的には、ニンニクと鷹の爪と舞茸をオリーブオイルでソテーして、それをブレンダーで攪拌《かくはん》するだけなのだけど、これがまた味わい深くて美味しい。

たくさん量があって食べられない時なんか、こうしておけば長持ちする。

パスタソースにしたり、野菜炒めの隠し味にしたり、いろんな使い方ができるけれど、一番のお気に入りは、パンにつける食べ方だ。

しかも、一緒に送られてくる檜原村のパンとの相性が、すこぶるいい。

行列ができるような人気のパン屋さんのパンとか、これまで美味しいと言われているパンをたくさんいただいてきたけれど、ある程度の大きさのパンは、必ず途中で残ってしまい、慌てて冷凍庫にしまうのが常だった。

でもこの、ひのはらパンに限っては、すぐに消費してしまう。

なんていうか、気負っていない感じがいいのだ。

これを軽くオーブンで温めて、舞茸ペーストをつけて食べれば、これだけでご馳走になる。

そして、今回びっくりしたのは、ひのはら紅茶。

東京から移り住んだひとりの女性が、耕作放棄されていた茶畑を甦《よみがえ》らせ、長い年月をかけて地元産の紅茶を作り上げたらしい。

変な癖が少しもなくて、おかしな言い方だけど、清らかな水を飲んでいるような澄み切った味だった。

村っていう、響きが好きだ。
だから、檜原村もずっと気になっていた。でも、行ったことがなかった。
調べたら、気持ちよさそうな滝がいくつもある。
温泉もあるし。
車の免許が取れたら、まずは檜原村に行ってみようかしら。

手作りアイス　2月3日

昨日は、豆をまかなかった。

今年は2月2日が節分とのことで数日前までは張り切っていたのだけど、結局は何もせず。

代わりにさっき、炒り大豆を一粒だけ口にした。

これは、ゆりねのおやつ用。ちょっと、しけっちゃってたけど。

そして、今日は立春。

夕方、暗くなる時間もだいぶ後ろに伸びてきた。

なんでも手作りするのがいいと思っているわけではなく、餅は餅屋に任せるのが一番だとは思うのだけど、最近、立て続けにアイスクリームを作っている。

お正月用に買ったきな粉を、なんとか無駄にしない方法はないかと考え、アイスクリームにしてみようとひらめいたのだ。

アイスなんて、面倒だし、と思ったが、調べてみたらめちゃくちゃ簡単で、特別な材料もいらない。

卵と生クリームと砂糖さえあればできるというので、軽い気持ちで作ってみた。

そしたら、びっくりするくらい美味しかった。

しかも、きな粉がいい存在感を出している。

きな粉アイスなんて、体にも良さそうだし、何よりも、自分で作っているから材料がわかって、安心だ。

それで今度は、チョコアイスに挑戦してみた。

こちらも、ペンギンが買ってきたチョコレートが思いのほか甘く、そのまま食べるにはちょっと、ということで、なんとか無駄にしたくないという思いから作ってみた。

きな粉アイスには卵を使ったけど、今回は卵をなしにし、生クリームと牛乳だけで作ってみる。

これも、びっくりするくらい美味しくできた。

生クリームを泡立てて、チョコを溶かした牛乳と混ぜ、冷やすだけ。

冷やす途中で、何度か、かき混ぜて空気を含ませるというその一手間はかかるけれど。

それさえ面倒に思わないのであれば、アイスは断然、家で作った方が美味しいし、安上がりだ。

しかも、ラムレーズンをのせちゃったりなんかして。

ベルリンでは手軽に美味しいアイスが食べられたのだけど、それと同じレベルのアイスを日本で食べようとすると、かなりお高くなってしまう。

しかも、わたしは、そんなにいっぱいは食べたくない。

食後に、ちょこっとだけ口に含むのが理想なのだ。

家で手作りすれば、１００ccくらいの小さめの紙コップに小分けにして、1回分ずつ入れておける。

次に作ろうと思っているのは、イチゴアイスだ。

去年食べて感動したイチゴを今年も取り寄せたいと思っているのだけど、結構な量が届く。

だから、果物がたくさんあって食べきれないときは、アイスにしちゃって冷凍庫に保存しておくのも、ひとつの手かもしれない。

今日は、大阪屋さんから生の麹《こうじ》が届いたので、これから手前味噌を仕込む。

ここの麹は、香りがいい。

今回は2回分なので、結構な量だ。

やっぱり日本だと、冬の間に多めに仕込んで熟成させる方がいい気がする。

そんなわけで、先月に続き今月も、せっせと味噌作りに励んでいる。
今回使う豆は、山形の青大豆、秘伝豆。
秘伝豆だと、煮る時間がちょっとで済む。

初詣へ　2月14日

昨日の夜、ムラムラとどこかへ行きたい気持ちが膨らんで、抑えられなくなった。

そういえば、まだきちんと初詣に行っていなかったことを思い出した。

元日に近所の氏神様へ行ったものの、長蛇の列に並ばなくてはいけなかったので、遠くから、こころの中だけで手を合わせてお参りを済ませていたのだ。

今は、旧暦のお正月。

ならば神社に初詣に行こうと思い立ち、今朝、家を出た。

昨夜の東北での地震の被害が気になりつつ、駅を目指す。

思い起こせば、こういうふらりとした外出、めっきり減っている。

不要不急かどうか線引きが難しいところだけれど、日曜日の朝なら人もそんなにいないだろうし、電車に乗っている時間も十分くらいだから、良しとしよう。

初めて行く神社だ。

特急でたった二駅だったけど、なんとなく遠足の気分を味わう。

見事に咲いた枝垂れ梅では、ヒヨドリたちが夢中で朝食タイム中だった。

爽やかな空気を体いっぱいに吸い込んで、朝の気配を満喫した。

道端に咲く水仙が、とても可愛い。

駅から続く参道には立派な欅《けやき》の木がそびえ、歩いているだけで気分が良くなる。

本殿にてお参りを済ませた後は、人の形の紙に自分の名前を書いて息を吹きかけ、川に流す。

それだけでも、身についていた悪い気が流されていったようで、スッキリする。

家から近いし、気持ちのいい場所だし、これから、毎月一日、お参りに来るのもいいかもしれない。

帰りは、近所の無人販売所で元気な鶏さんの産みたて卵を買って帰ってきた。

どうなることやら　3月1日

テレビのニュースを見ると悲しくなるというか、虚しくなってしまうのであんまり見ないようにしているのだけど、今日は夕方お風呂に行ったら、ちょうどロビーのテレビに菅《すが》さんが映っていた。

権力を掌握して、人事を牛耳って、自分の都合のいいようにやった結果、自分をサポートしてくれる優秀な人がいなくなって、まさに、結果的に自分で自分の首をしめている図だった。

誰よりも自分の方が精通しているなんて思い上がるのは自惚《うぬぼ》れもいいところで、専門家の意見に耳を傾けたり、優秀な人たちの力を総動員して、もっともよき方向へと舵を切っていくのが指導者の役目だと思うのだけど、どうやら日本ではそんな当たり前が当たり前でなくなってしまったらしい。

自分の意見にハイとしか言わないイエスマンだけで周りを固めたら、それこそ裸の王様で笑い者になるのになぁ。

忖度《そんたく》がはびこって、せっかく優秀な人たちがたくさんいるはずなのに、それを活《い》かせないというのは本当に国としての損失だと思う。

この間は、女性蔑視発言とかでオリンピック組織委員会のトップだった方が辞められたけど、ああいう方がそういう地位についていたってことがそもそもおかしくないかと。

今までだって、さんざんひどい発言を繰り返している。

老害って言葉を最近よく耳にするようになったけど、老害っていつになったらなくなるのだろう。

若い世代が歳を重ねて、権力を持つようになったら、やっぱり新たな「老害」が生まれるのか、それとも老害はもうなくなるのか、どっちなんだろう。

それはさておき、わたしは粛々と教習所に通っている。

今日は、教習所内で縦列駐車と車庫入れの練習をした。

いつもの優しい女の先生に、奇跡的に入っていますと、褒められる。

でも、この優しい女の先生が、もうすぐ辞めてしまうのだ。

残念！
彼女のおかげで、ここまでがんばれたというのに。
どうなることやら。
もう三月だぁ。
今夜も、お月さまがとってもきれい！

修学旅行　3月4日

一昨日、都立高校の合格発表があって、無事、ララちゃん合格のお知らせが届く。

よかった、よかった。

ララちゃんはものすごく成績が優秀で、希望すれば推薦枠でかなりのレベルの高校に行けたというのに、本人の強い意志で、あえて困難な道を選んだという。

そういうところが、本当に偉いのだ。

心から、尊敬してしまう。

わたしだったら、受験勉強をするのが嫌だから、さっさと推薦で決めてしまうと思うんだけど。

小さい頃から、この子はなんか違うなぁと感じていたけど、結局そのまま15歳になっても、本質的な賢い部分は変わっていない。

コロナがあったり受験があったりで随分会っていないけど、電話口で話す口ぶりはもうすっかり大人だった。

そのララちゃんが、楽しみにしていた修学旅行。

本当は去年行くはずだったのに、コロナの影響で行けなくなり、ようやく、卒業間際の来週、行けるようになったと大喜びしていた。

去年誕生日にプレゼントした京都のガイドブックを見ながら、行きたいお寺や神社を決めたらしい。

祇《ぎ》園《おん》の旅館に泊まることも決まっていて、グループに分かれてタクシーで移動するのだと声を弾ませていた。

大人はまぁいいとしても、一番外に出たり人と会ったりしたい時に我慢しなくてはいけない子どもたちは、本当に可哀想だな、と思っていた。

部活だって満足にできなかっただろうし。

なんとなく不完全燃焼の感じは否めないと思う。

だから、最後の最後、受験を終えて、卒業記念旅行みたいな感じで修学旅行に行けるのは、最高の思い出になるはず。

わたしも、美味しい洋食屋さんやうどん屋さんを教えてあげたりして、修学旅行、行けるようになって本当によかったねぇ、と話していたのだが。

どうやら昨日、中止が決まったらしい。

きっと先生方も、なんとか子どもたちに修学旅行をさせてあげたいと知恵を絞り、奔走したのだろう。

そして、このタイミングでならギリギリ行けると判断されたに違いない。

けれど、首都圏の緊急事態宣言が延期されたことで、泣く泣く、そういう結論に至ったのだと思う。

楽しみにしていた子どもたち、本当に本当に気の毒だ。

もちろん、コロナウイルスを広げないための最大限の努力は必要だと思うけれど、今までずっと我慢を強いられてきたのだから、行かせてあげたかった気がする。

こうなってくると、悔やまれるのは、やっぱりＧｏ Ｔｏキャンペーンだ。

あのとき無闇に人の動きを煽《あお》ったりしなければ、今の状況も違っただろうにと思われて仕方がない。

結局、そういう皺寄《しわよ》せは、いつだって弱い立場や、若い人たちのところに行ってしまう。

台湾のデジタル担当相、オードリー・タンさんみたいな優秀な人が、日本の政治でも中枢で活躍してほしいけど。

現状を見る限り、日本でああいう経歴の人が政治家として受け入れられるようになるのは、いつになることやら、だ。

今朝の新聞で、篠田桃紅《とうこう》さんが亡くなられたことを知った。
作品もエッセイも、好きだったなぁ。
107歳。
生き様が、惚《ほ》れ惚《ぼ》れするくらい格好よかった。
ご冥福を、お祈りします。

ご機嫌

3月16日

久しぶりに外のお店で食事をすることになった。

もう長いこと、自分で作った料理を家で食べている。

コロナが広がる前はもっと頻繁に外で食事をしていたけれど。

今では外食自体が、非日常の扱いだ。


ちょっと美味しいものを食べたいな、という時、真っ先に思い浮かぶ店がある。

旬のお野菜を丁寧に料理して、美しい器でもてなしてくれる女性店主の店だ。

店内には、彼女の活ける楚々とした花が飾ってあって、美しい。

私は彼女の作る料理がとても好きだし、誰かと美味しい時間を共有したい時は、まずこの店に電話をする。

人気店なので、なかなか予約は取れないのだけれど。

先日は、ラッキーなことに席を確保することができた。

通常、夕方5時からのオープンなので、ちょっと早めに着いても大丈夫だろう、と勝手に判断したのは私だけど、20分前くらいに着いたら、店にはまだ鍵がかかっていた。

これは後から気づいたのだが、どうやら、今はコロナの影響で、客数を絞り、予約は私たち2人だけだったのだ。

だから店主は、予約時間の6時に合わせて店を開けようとしていたらしい。

「席に座っていただくことはできますが、本当に何も、飲み物もお手拭きもお出しすることができませんが、それでもいいですか？」

仕込み真っ最中の店主が、早口で告げる。

全然構わないので、それで中に入れてもらったのだが、その声のトゲトゲしいことといったら、もう。

6時近くになり、ようやく食事がスタートしたものの、どうも店主のご機嫌がよろしくない。

言葉尻は丁寧なのだが、明らかに目が三角に吊《つ》り上がっている。

通常営業の時は、ホールを担当するスタッフもいたので、今は時短営業に合わせて、ご自身だけで中も外も切り盛りされているようなのだ。

けれど、こちらとしては、店主の機嫌を損ねるのではないかと、飲み物の注文をするのでも、いちいち気を遣ってしまう。

実は、この店でこういう場面に遭遇するのは初めてではなく、結構な確率で、店主はいつもトゲトゲしている。

いや、本人にその意識はないのだろう。

すごく真面目に、ご自分の理想とする料理を、理想とするタイミングで出したい、それだけなのだと思う。

ただ、完璧を目指すあまり、そうならない状況になった時、パニックになってしまうのだ。

気持ちはわかるけど。

でも、そこにほんの一握りの余裕があるだけで、客側の居心地としては、だいぶ違ってくると思うのだ。

途中、予約の電話がかかってきた。

なんとなく耳に入ってくる会話を聞いていると、どうやら電話をかけてきた人は、6時半から食事をしたいらしい。

けれど、食事を8時に終わらせるには、かなりのテンポで料理を食べなくてはいけなくなる。

店主は、そのことを気にしている様子だったのだが、

「長年連れ添ったご夫婦ですと、その時間でも終わるんですけどね。会話が弾みませんから」

めちゃくちゃ面白いことを、さらりとおっしゃった。

私はおかしくておかしくて、噴き出しそうになるのを必死で我慢。

店主はきっとこの時も、自分が面白いことを言っているなんて、微塵《みじん》も思っていないのだろう。

8時になる10分前くらいで、このままでは8時までにデザートまでいけません、とやんわり忠告される。

そっか、8時で店を閉めるというのは、やっぱり大変なことなんだなぁ、と実感した。

ラーメン屋さんとかだったら、客もささっと食べて終わるけれど、コースで出すような店は、食事時間を2時間とっても、かなり厳しい。

5時から食事を始めればゆっくり楽しめるけれど、みんながみんな、5時に店に入れるわけではない。

確かに、ちょっと背中を押されながら食べているような感覚は否めなかった。

やっぱり、せっかくの美味しいお食事は、ゆっくりと味わいながらいただきたい。

8時に慌てて店を出て、なんとなく開放的な気分になる。

機嫌よくしているっていうのは、自分にとっても相手にとっても大事だな、と思った。


今日は、春爛漫《らんまん》。

さっきゆりねと公園までお散歩に行ったら、川沿いの桜が咲き始めていた。

長い棒に傘の取っ手をくっつけた手製の道具を手にしたおじいさんがふたりやって来て、なんだろうと観察していたら、公園の夏みかんをもいで持参のビニール袋に詰めている。

ジャムにでもするのだろうか。

選択的夫婦別姓

3月19日

なんでなんですかねぇ。私には、どうしてもよくわからないのですが。

だって、選択的、なんですよ。

何も、全員が全員、別姓にしなくてはいけません、という法律ではないのです。同姓にしたい夫婦は今まで通り同じ姓を名乗ればいいし、別姓にしたい夫婦は別姓も選べますよ、それで選択肢の幅を広げましょう、という提案。

これに反対するってことは、つまり、見ず知らずの隣の家の夫婦に対して、「あなたたちも、夫婦で同じ姓を名乗らなくてはいけません」と強要することなのだ。

それは、めちゃくちゃ強引な押し付けだと思うんだけどなぁ。うーん、よくわかりません。

それを言うなら、ですよ。

姓の選択の幅に較《くら》べて、下の名前の自由度と言ったら、半端じゃない気がするのだ。

例えば、「月」と書いて、「るな」と読ませる、とか。

「紅葉」と書いて、「めいぷる」とか。

「一心」で「ぴゅあ」。「翔馬」で「ぺがさす」。「七音」で「りずむ」。

調べたら、出てくる、出てくる。

もう、○○とかけて、△△ととく、みたいな。ほとんど謎かけというか、言葉遊びというか。クイズだ。

それはそれは、想像の翼全開で、自由以外の何ものでもない。

そのことに対して、私に特別な意見があるわけではなく、それは、それが許されているのだから、親の責任のもと、その子に最大限ふさわしい名前をつけてしかるべき、と思っているのだけど、その、苗字の不自由さと下の名前の自由さのアンバランスが、まるでめちゃくちゃだなぁと感じるのだ。

下の名前の自由さから察するに、大事なのは、漢字の表記ではなく、それをどう読ませるか、だ。

ということはですよ、例えば、「鈴木」と書いて、読みは「サトウ」にする、なんてこともありなんじゃないか、と思えてくる。

そうすれば、結婚して不本意ながらも「鈴木」さんになった人が、いえいえ、これは鈴木と書いて「××」（旧姓）と読むんです、と申し出れば、旧姓を引き継げたりしないのだろうか？

いや、多分無理なんだろうけど、下の名前で行われていることは、そういうことだ。

選択的夫婦別姓に反対している方たちの意見を見ると、家族の絆《きずな》や一体感を危うくしてしまう恐れがある、とのこと。

けれど、同じ姓を名乗ることで家族の絆が強まるのなら、そんなに簡単なことはない。

先日、岡山県議会が出した、親子別姓が子どもの心に取り返しのつかない傷を与える、という意見書も、はて？　という感じで、よく理解できませんでした。

取り返しのつかない傷、って？？

同姓だけどいつも夫婦喧嘩《げんか》している親と一緒に暮らすのと、別姓だけど仲むつまじい親と一緒に暮らすのと、さて、子どもにとってはどっちが幸せなんでしょうか？

日本に健全な個人主義が根付かないのは、きっとこういうところにも原因があるんだろうなぁ、と思ってしまう。

私も去年、姓が変わることでどんなに不便を被るかを思い知った。

名前というのは、その人そのもの、アイデンティティーだから、結婚する、というただそれだけの理由で否応なく夫婦のどちらかが姓を変えなくてはいけない、というのは、かなり強引な気がしてしまう。

姓に限らず、いろんな生き方があって、いいと思うのだ。

私にとっては、夫と別居することも、元夫と同居することも、どこにディスタンスの重点を置くかの違いだけで、中身としては同じようなものだと思っている。

夫婦で別の姓を名乗ったっていいと思うし、同性同士が結婚し、家族になるのだってありだと思う。

たとえ血が繋《つな》がっているからといって、あまりに理不尽な要求を突きつけてくる親や兄弟姉妹がいる場合は、それしか解決策がないのであれば、縁を絶つことだっていたしかたない。

要は、個人個人が心と体の健康を保ち、いかに幸せを感じながら自分の人生を全うできるかが全てであって、それを横から他人が、自分の生き方や考え方と違うからという理由で、いちいち口出しするのはどうなんでしょうね？

国がすべきことは、法律で規制することではなく、法律でいろんな人の生き方の自由を保障すること、だと思うんですけどねぇ。

瀬戸内へ

3月25日

久しぶりにスーツケースに荷物を詰める。

この一年、新幹線に乗ることはあっても、飛行機で国内を移動することはなかった。

もうすぐ、ベルリンから緊急帰国して一年になる。

去年予定されていた建築家・伊東豊雄《とよお》さんとの対談が、今週末、今治市《いまばりし》で行われる。

それに合わせて、わたしは今日から瀬戸内へ。

陸路にするか空路にするか悩んだ末、今回は、羽田から飛行機で広島に飛んで、そこからてくてく、瀬戸内の島を目指すことにした。

本当は、尾道から今治まで自転車でしまなみ海道を走ってみたかったのだけど、乗り捨てできるレンタサイクルは種類が限られることがわかり、その案は諦めたのだ。

ヨーロッパみたいに、マイ自転車を列車に乗せて移動できればなぁ。

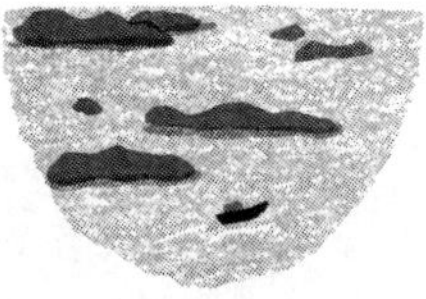

とにかく、今日と明日は、瀬戸内を気ままに自転車で回って、久しぶりの美しい景色を堪能したい。

お天気も大丈夫そうだし。

お気に入りのおやつをたくさん持って、いざ出発！

生口《いくち》島で泊まった銭湯が、かわいかった。

みんなのワイナリー　３月29日

初めて大三《おおみ》島《しま》を訪ねたのは、２０１７年の３月。

建築家の伊東豊雄さんが島おこしの一環として、レモンの耕作放棄地に葡萄《ぶどう》の苗木を植えて、その葡萄で瀬戸内産のワイン造りに取り組んでいると知り、興味を持ったのがきっかけだった。

伊東さん曰く、大三島は日本で一番美しい島。

ちょうど『ライオンのおやつ』の構想を考えている時で、そのイメージと大三島が重なり、さっそく取材に行ったのだ。

その時、みんなのワイナリーのKさんに島を案内していただき、お話を伺ったり、きれいな景色を見せていただいたりした。

『ライオンのおやつ』には、その時に目にした光や口にした食べ物が、いろんな所にちりばめられている。

だから、瀬戸内を訪れるのは、ちょうど4年ぶりだった。

今回は、「雫」の心情をなぞるような気持ちで、もう一度島の景色を見ることができた。

一日目は、広島の三原港から船に乗って、生口島へ。

生口島から自転車を借りて、多々羅大橋を渡り、大三島の大山祇神社を目指した。

前回は車での移動だったし、初めての土地だったのでわからないことだらけだったけれど、自転車で、しかも前半はひとりだったので、好きな時に好きな場所で立ち止まることができる。

自転車を止めては、写真を撮ったり、深呼吸したり、おやつを食べたり。

丸一年コロナで家にこもっていたこともあり、行く先々でものすごい開放感を味わった。

海沿いの道をサイクリングしていると、景色がどんどん変わっていく。

海の中に、ぽこぽこと島が浮かぶ光景は瀬戸内ならではで、本当にどこを切り取っても美しくて、ため息が出る。

久しぶりに嗅いだ海の匂いは、命を凝縮させたスープそのものだった。

風も気持ちよく、所々で桜が満開で、さざなみがキラキラ輝いて、最高の時間を満喫した。

特に、橋の上から眺める海と島の景色は最高だった。

その日はできたばかりの銭湯のあるお宿に泊まり、夜は近所の商店街にあるお店に行って、蛸天卵とじ丼を堪能した。

二日目は、また自転車を借りて、今度は生口島の瀬戸田から因島《いんのしま》の土生港《はぶこう》までサイクリングし、そこからは船に乗って今治へ移動した。

船って、好きだなぁ。

船の中で船員さんが切符を集める時、制服姿の高校生には「おかえり〜」と声をかけているのも、なんだか微笑ましかった。

三日目は、今治市民会館で伊東豊雄さんとの対談があり、その後は松山に移動して、みんなのワイナリーでできたワインの試飲会に参加した。

久しぶりに、Kさんにもお会いする。

Kさんとの出会いがなかったら、「田陽地《タヒチ》くん」は登場しなかった。

それにしても、みんなのワイナリーで造られたワインが、めっちゃくちゃ美味しくて感動した。

香りがよくて、味わい深く、正直、こんなにおいしいワインが日本でもできるんだ！　とびっくりした。

普段からなるべく日本のワインを飲むようにしているし、美味しい国産ワインは増えているけれど、わたしが今まで飲んだ国産ワインでは一番好きな味だった。

道後温泉にある旅館、うめ乃やさんで出される地のものを使ったお料理もしみじみと五臓六腑に染み渡り、至福のひととき。

みんなのワイナリーでは、苗木のオーナーを募り、そのお礼としてワインが送られてくるシステムだ。

わたしもその場で早速オーナーになる申し込みをした。

まだワイン作りをはじめて五年足らずで、こんなにレベルの高いワインを作っているのだから、将来がすごく楽しみだ。

瀬戸内ワインを世界に、というのも決して夢ではない気がする。

そして、建築という視点から、島全体を考え、地面を整えることからはじめて、ワインを生産するという壮大な物語を、実際に実行できる伊東豊雄さんという人は、本当に素晴らしいと思った。

わたしは心から、伊東豊雄さんを尊敬する。

そんなわけで、3泊4日、思う存分瀬戸内を堪能し、たくさんのエネルギーをいただいて東京に戻った。

おまけ。

瀬戸内で美味しかったもの。

生口島で食べた蛸天卵とじ丼、生ワカメのお味噌汁、今治で食べたジャコカツ、生搾りのポンカンジュース、白楽天の焼豚玉子飯、松山・道後温泉の旅館、うめ乃やさんのお食事、鯛のしゃぶしゃぶ。

要するに、全て美味しかったのです。

大三島みんなのワイナリーについての詳細は、こちらのアドレスからご覧ください。
http://www.ohmishimawine.com/
ネットでも、ワインの購入ができるみたいですよ。

卒業検定　4月2日

昨日は、卒業検定だった。

あまり大きな声では言いたくないけど、2回目である。

1回目は、方向変換でポールにぶつかり、一発アウト。

これまで、一度だってポールに触れたことなどなかったのに。

一時間の補習を受けて、もう一度チャレンジした。

車の免許を取ろうと思ったのは、去年、八ヶ岳に土地を見つけたから。

そんなつもりはなかったのだが、なんだか流れに乗っているうちに、そうなっていた。

そこに、小さな小さな山小屋を建てようと思っている。

歳を重ねるにつれて、水と空気のきれいな場所に身を置きたい、という気持ちが強くなった。

窓の向こうに、美しい景色を見ながら物語を紡ぎたい。

土の上を、歩きたい。

ベルリンから送った家具もある。

ベルリンと、気候的にも、文化的にも近い場所を国内で探した結果、八ヶ岳山麓に行き着いた。

気候的には、ベルリンよりもっと厳しくなるけれど。

わたしは、寒い冬が決して嫌いではない。

そのためには、どうしても車の免許が必要だったのだ。

来年からは、東京と八ヶ岳を行ったり来たりすることになる。

途中まで電車で行くにしても、八ヶ岳周辺では、車がないと何かと不便だ。

土地の条件は、歩いて行ける場所に、素敵なカフェと湖があること。

ベルリンで、すっかり湖が好きになった。

自分が使わない時は、お世話になっている編集者さんたちの保養所みたいな感じで、気軽に開放できたらいい。

ゆくゆくは、同じ敷地に、アーティストが制作に没頭するための、夏だけの簡素なサウナ小屋も建てたい。

でもまずは、母家の方を建てるのが先だ。

今、建築家と相談しながら、計画を進めている。


わたしは自分の人生にすごく満足しているし、もし明日命が終わるとしても悔いはない自信があるけど、人生がいつ終わるかはわからないし、もしかすると、この先、もっともっと長く続くのかもしれない。

そう思った時、まだやったことのないことをやってみたい、と考えたのだ。

そして、そうだ、山に住んだことがないな、だったら山に住んでみよう、とひらめいた。

山に住むとなれば、体力も気力も十分な時じゃないと、難しい。

だったら今だ。

今始めないと、間に合わない。

でもまさか、この歳で教習所に通うことになるとは、思ってもみなかったけど。

人生、本当に何が起こるかわからない。

昨日の卒業検定は、ギリギリだけど、合格しました。

よかったぁ。

まずは、ひと安心。

あとは学科の試験をクリアしなくちゃ、だ。

これがまた、難しい課題ではあるのだが。


自由になるというのは、選択肢が増えることなんだな、と改めて思う。

車の運転ができるようになったら、わたしの移動の選択肢が一つ増えて、自由度が増す。

自由と義務は、背中合わせだ。

その分、安全に運転するという義務も増える。


夕方、久しぶりにゆりねを連れて公園まで散歩したら、川沿いの桜がもう散り始めていた。

葉桜の季節だ。

藤の花も、咲き始めている。

お願いだから、もう少し、春の心地よさを味わわせてほしい。

朝、3月のカレンダーを4月のカレンダーに張り替えた。

もう、4月かぁ。

早くコロナが収まりますように。

ミャンマーに、平穏な時間が戻りますように。

林檎と蜜柑

4月11日

今は解放期なので、こころを外に向け、なるべくいっぱい外の空気を吸おうと行動している（コロナには、十分気をつけつつ）。

「かいほう」には、「開放」も「解放」もあって、いつも、どっちの漢字を当てたらいいのか、少し悩む。

「開放」は、窓や戸を開け放ったり、制限などを設けず、自由に出入りできるようにすること。

「解放」は、束縛を取り除いて、自由な行動ができるようにすること。と、辞書にはある。

かなり接近しているけれど、でも微妙にちょっとニュアンスが違う。

じっくり考えて、やっぱり「開放」の方がふさわしいと思った。

今、わたしはこころの窓を目一杯あけて、新鮮な風をこころの奥深くまで入れて風に晒《さら》している。


先週は、箱根と鎌倉に行ってきた。

ようやく復旧した箱根登山鉄道に乗り、宿を目指す。

すごい、すごい。

山の木々が、ぐわーんと両手をあげて伸びをしているみたいに、新緑が芽ぶいていた。

山が、地球が生きているのを実感する。

宿は、外のお風呂が気持ち良かったので、名物の本そっちのけで、時間の許す限り、湯船で手足を揺らしていた。

朝も、早く目が覚めたので、周辺の梢《こずえ》から聞こえてくる鳥たちの声を聞きながら、湯浴みをする。

自分のこころと体が、外へ向けて開かれていくのを実感した。

気心の知れた女友達との旅は、楽しい。

そして、鎌倉で迎えた二日目の朝は、久しぶりにパラダイスアレイのニコニコパンをいただく。

箱根も鎌倉も、どっちも大好きだなぁ。

すっごくいい気が流れている気がする。

最近の行動を振り返ると、どうも蜜柑《みかん》に縁がある。

箱根でも、たくさん蜜柑の木を見たし、その前に行った瀬戸内は、まさに蜜柑王国だった。

力強く黄色を放つ柑橘《かんきつ》類は、見ているだけで元気になる。

そっか、太平洋側は、蜜柑なんだな、と改めて気づいた。

それに対して、日本海側は、林檎《りんご》のイメージ。

日照時間とかの関係なのだろうけど、そう、きっぱり分かれている。


わたしは日本海側で育ったから、蜜柑の眩《まぶ》しさは、ハレの印象だ。

反対に、林檎はケの果物。

どっちも好きだけれど、蜜柑に手を伸ばす時、ちょっとよその食べ物に触れるような新鮮さがあるのは、原風景にその眩しさがなかったせいだろう。


箱根に行く前、瀬戸内の柑橘類で蜜柑のゼリーを作った。

一回目はゼラチンの量が多すぎて硬めの仕上がりになり失敗したが、二回目はゼリーの硬さがゆるゆるの理想的なゼリーができた。

蜜柑のゼリーは、大量に柑橘類が手に入った時など、年に一回くらい作る。

甘いのからちょっと酸っぱいのからほろ苦いのまで、いろんな種類の蜜柑が口の中に広がり、口の中にパーっと太陽の光が広がるようだった。


そしてわたしは、明日から石垣島へ。

本当に久しぶりだ。

石垣島は、蜜柑でもなく、林檎でもなく。

あえていうなら、パイナップル？

久しぶりに、ねーさんと、そして妹にも会える。妹のムスメにも会える！

ゆりねは今、サングラスをかける練習をしている。

家のダウンライトが気になるので。

常に天井を見上げる形になるゆりねには、ライトが直撃してしまうから。

命のしまい方

4月14日

飛行機の離陸の瞬間が好きだ。

ふわっと機体が持ち上がって、みるみる地面が遠ざかっていく。

眼下の海には柔らかい襞《ひだ》のように波がうねり、その上に船の白い航跡が伸びている。

さざなみに反射する光はキラキラ輝いて、地上の現実世界が、どんどん、おもちゃのような、作り物のような、模型のような、そういうものに見えてくる。

機体はすぐに雲の中を通って、やがて雲を下にして飛ぶようになる。

一昨日は、窓から見えた富士山の姿に感動した。

空から見ると、富士山すら小さく見える。

富士山を見るたびに感じるのは、あの山の頂上に自力で登ったことがあるもんね～、という小さな誇り。

やっぱり、頑張って登ってよかったと思う。

それでも、空から見れば、日本一高い富士山だって、地球の虫刺されの跡くらいにしか見えない。

機内でずっと「死」について考えていたのは、佐々涼子さんの『エンド・オブ・ライフ』を読んでいたから。

終末期をめぐるノンフィクションで、内容が本当に素晴らしい。

それぞれの人の、それぞれの命のしまい方。

引き出しをそっと元に戻すように命を閉じる人もいれば、出していた引き出しをもっと引いて最後はその引き出しごと床に落とすようにして命を終える人もいる。

自分が引き出しを引いていたことすら忘れて、開けっ放しのまま旅立ってしまう人だって多い。

いくら自分ではこうしようと思っていても、そうはできないことがほとんどで、命のしまい方というのは、本当に難しい。

でも、イメージトレーニングはできるはずで、こういう本を読んだりしながら、自分だったらどういう命のしまい方をしたいかを常日頃から考え、思い描いておくことは、何かしら効果があるような気がする。

わたしは、この本の中に出てくる佐々さんのおじいさまの命のしまい方が素敵だし、理想的だと感じた。

おじいさまは、さいご、ご自分の大切な人にひとりずつ会いに行き、それからほどなく亡くなったという。

きっと、ご自分の死期がおわかりになっていたのだろう。

人間に本来備わっているはずの動物的な直感を失わずに生きていると、そういうことも可能なのかもしれない。

わたしもそうありたいな、と思う美しいしまい方だった。

もしこの本を先に読んでいたら、『ライオンのおやつ』は書けなかったというか、書かなかったかもしれない。

ちょうど着陸の間際に本を読み終えたのだけど、窓からふと下を見た時の、島の姿と陽の光があまりにきれいで、参ってしまった。

わたしの想像する死というのは、飛行機の離陸みたいなもの。

あれを、ものすごく早くした出来事が起きるんじゃないだろうかと、期待している。

そして、気づかないうちに、また地上に戻ってくるんじゃないか、と。

黒島観光

4月15日

朝一番の船に乗って黒島へ。

船の席の隣には、トモコと、トモコが5年前に産んだ娘のはーたんがいる。

トモコはお菓子を作る人で、わたしは彼女の作るお菓子の大ファンだ。

勝手に、妹みたいな存在だと思っている。

そのトモコが石垣島へ娘と遊びに行くと知ったのは、ほんの少し前のこと。

トモコと前回会ったのは、彼女が結婚して出産をする前だし、ねーさんにも随分会っていない。

当然、トモコの娘にもまだ会ったことがないわけで、もしかしてわたしが石垣島へ行けば、会いたい人たちにまとめて会える！　とひらめいた夜の次の朝には、石垣行きのチケットを手配していた。

そして、びゅん、と石垣島へ飛んだ。

コガラと呼んでいるスーツケースの小さいのには、お土産のドイツパンをぎっしり詰めて。

トモコ&はーたん母娘は、石垣島が初めてだ。

わたしは、4回目か5回目か、ちょっと記憶が定かではない。

とにかく、石垣島でまたねーさんやトモコ、はーたんに会えるのは、最高に幸せなこと。

大好きな辺銀《ペンギン》食堂がやっていないのは、ショックだけれど。

コロナのせいなので、仕方がない。


黒島に着いたら、まずは電動自転車をゲットし、ビーチへ。

地元の人が行くというビーチを自転車屋のお兄さんに教えてもらい、早速ペダルを漕《こ》ぐ。

トモコ&はーたんコンビは、自転車のふたり乗りが初めて。

一回危うく自転車が倒れそうになったけど、はーたんが踏ん張ったおかげで、なんとか大惨事に至らずに済んだ。

岩と岩の割れ目を、まさに「おぎゃぁ〜」という感じでなんとかくぐり抜けると、そこには美しい海が！

朝の海って、めちゃくちゃ気持ちいい。

トモコとはーたんは、そのまま海へ。

わたしは、まずはホテルでもらった朝ごはんを食べる。

海岸で戯れるふたりの母娘の姿は、何をしていても美しく、サンドウィッチをかじりながら写真を撮ってばかりいた。

こんなにきれいな、優しい海の色には、滅多にお目にかかれない。

朝食を終え、わたしもズボンの裾をまくって、海へ。

はーたんと手を繋ぎ、波打ち際をひたひた歩く。

黒島は、上から見るとハートの形をしている。

人よりも牛の数の方がずっと多くて、のどかな、南の島。

そういえば、『つるかめ助産院』を出した時によく、舞台となっている南の島のモデルは黒島ですか？　と聞かれたものだ。

はーたんと遊びながら、ふと、そのことを思い出した。

そっか、黒島のことだったんだ、と。

もうこのままずっと一日中そのビーチで過ごしたっていいくらい気持ちよかったし、もしひとりで来ていたら絶対にそうしていたと思うのだけど、せっかく電動自転車を一日借りたので、島をサイクリングする。

あっちにも、こっちにも、牛、牛、牛。

方向音痴のトモコは、全然戦力にならん！　と思っていたら、途中から雲行きが怪しくなり、地図係をトモコに任せた。

小学校を見に行ったり、海岸で石拾いをしたり、野苺《のいちご》を見つけたり、寄り道をしながら気持ちよく島を自転車で走る。

気温はもうかなり高くて、暑いのだけど、ふと木々が生い茂るジャングルの脇を通ると、途端に空気がひんやりする。

ふわぁっと甘い香りがするのは、月桃の花。

黒島研究所へ着いたのは、お昼ちょっと前だった。

黒島は海亀が産卵する島として知られており、春先の今がちょうど産卵の時期に当たる。

人生で一度立ち会ってみたいことのひとつが、海亀の産卵だ。

だから、黒島に泊まって、見られるかどうかはわからないけれど海亀の産卵に期待する、というのも考えたのだ。

が、今回は身軽に石垣から日帰りで行こうということになっていた。

でもせめて海亀には会いたい、という3人の気持ちが一致し、わたしたちは黒島研究所を目指した。

海亀さん、かわいい。

めちゃくちゃ、かわいい。

かわいいけど、結構嚙みつくらしい。

スイスイ、スイスイ、プールの中を泳いでいる。

いつか、海亀の産卵を見ることができるだろうか？

あんなちっちゃな体で大海原へ漕ぎ出していくなんて！　想像しただけで、泣きそうになる。


黒島にはひとり、会いたい女性がいた。

黒島研究所の庭から、彼女に連絡をする。

トモコの友人の友人だそうで、トモコも会ったことはないという。

だから、もしお会いできたらラッキーだね、くらいに話していたのだけど、なんとなんと、これからわたしたちを迎えに来てくれて、軽トラの荷台に乗せて、島を案内してくださるというのだ。

きゃー！！！

そんな嬉《うれ》しいことはないね、とみんなで大興奮した。

十五分後、軽トラで颯爽《さっそう》と迎えにきてくれた彼女は、とてもとても素敵な女性で、しかもわたしが着ていたのと同じ、リトアニアにあるユーラッテという小さな洋服ブランドのワンピースを着ている。

そんなことって、ありえないのだ。

興奮のまま、トラックの荷台に乗せられて、まずはお蕎麦屋さんへ行ってお昼を食べる。

彼女とは、多くの共通点があるのだった。

まず、彼女の生まれは宮城県の仙台。

そこから神戸へ移り、更に南下して黒島へお嫁に来たという。

ラトビアやリトアニアなど、北欧の文化が大好きで、そういうところの手仕事を紹介したり、ご自分でも織物をやったりされている。

まさか、黒島で、ラトビア好きの東北人に会うとは！　だ。

毛穴の数は、生まれた時から変わらないのだとか。

だから、彼女もわたしと同じで、暑いのがすごく苦手。

それゆえ北欧が好きなのに、今、南の島で暮らしている。

人生って、面白いなぁ。

本当に、何が起こるかわからない。


彼女が運転する軽トラでの島巡りは、最高だった。

風をびゅんびゅん体に感じて、植物たちの葉っぱが作る緑のトンネルを通っていく。

夢を見ているみたいだ。

こんなに素敵な時間を過ごしてしまっていいのだろうか。

彼女の嫁ぎ先である牧場にも連れて行ってくれた。

生まれたばかりだという山羊が、かわいすぎる。

前脚と後ろ脚をふわっと両手で挟み込むようにして抱くといいと教わり、その通りにやってみたら上手に抱っこできた。

ゆりねより、軽くてふわふわしている。

牛のブラッシングもさせてもらった。

本当に本当に、優しい目をしている。

まだ生まれて2週間しか経っていないという猫の赤ちゃんもいて、愛と優しさにあふれた、素晴らしすぎる牧場だった。

結局、夕方の5時50分に出る船の時間ギリギリまで黒島観光を堪能した。

栈橋から、桜色のワンピースを着た彼女がいつまでも手を振ってくれて、だからわたしたちも、彼女の姿が見えなくなるまで、いつまでもいつまでも、手を振り続けた。

そして、それが終わってから、彼女が帰り際に持たせてくれたサーターアンダーギーを食べる。


この世の摩訶《まか》不思議は、人と人との出会いだと思う。

縁のある人とはどうやったって出会ってしまうし、逆に縁のない人とは、たとえ近い場所に長年住んでいたって、すれ違ったまま終わってしまう。

縁のある人とちゃんと出会える人生は、幸せに満たされる。

今日黒島で私たちが出会えたことのメッセージ。

それは多分、一度きりの人生ですもの、楽しまなきゃ損！　ってこと。

そのことを、神様が伝えてくれたような気がする。

ご近所さん　4月27日

二度あることは、三度ある。

ただ今、三度目の緊急事態宣言中だ。

再び、ステイホームの日々。ステイだのゴーだのって、犬になった気分だワン。

ぴーちゃんと、オンラインで飲み会をした。

もう彼女はベルリンを離れ、今はフランスのマルセイユにいる。

ベルリンで使っていたわたしの家具の多くが、マルセイユへ引っ越した。

リビングに敷いていた薄紫色の絨毯《じゅうたん》を見て、懐かしくなる。

ご近所さんだったのにな。

ベルリンにいた頃は、じゃあ30分後にそっちに行くね、なんてことが、平気で言えた。

みゆきちゃんもご近所さんで、うちの前の公園に集まって、夕暮れを見ながらビール飲んだりしてたっけ。

そんなの当たり前だと思っていたけど、もう誰もベルリンにはいなくなった。

ひとりは、地上すら離れて、遠い遠いところに行ってしまったし。

あの頃、三人がベルリンにいて他愛もない話題で盛り上がっていたことが、奇跡に思える。


向こうはランチ、こっちはディナーの時間に合わせて乾杯をした。

ぴーちゃんは赤ワインを、わたしは丹波ワイナリーのプシュプシュを飲む。

それぞれ前におつまみを用意して、ああだこうだと言いながら、飲んで、食べて、ゲラゲラ笑う。

楽しかった。

こういう時間って、必要だと痛感する。

不要不急の外出を控えるようにとのことなので、行動範囲はもっぱらご近所だ。

だから、一日に一回、ゆりねを連れて散歩をすることが、いい気休めになる。

この一年で、気さくに話せる犬友もできた。

いろんな犬がいる。

去年、コロナの真っ最中に生まれたチワワは、大事な幼少期に犬と接する機会が少なかったため、散歩で他の犬と会っても、怯《おび》えてしまうのだとか。

そういう影響は、人間だけでなく、犬にも表れている。

この間は、もう足腰が弱って自力では歩けない老犬のダックスフントに会った。

ゆりねが素晴らしいと思うのは、どんな犬にも尻尾を振ってフレンドリーに近づいていくところだ。

ものすごく社交的で、相手にいくら無視されようが、決してめげない。

ものすごく大らかな性格には、本当に感心するし、尊敬もする。

滅多に怒らないのだが、相手が本当に失礼な態度（例えば、いきなり吠《ほ》え立ててこちらを威嚇《いかく》してきた時など）、どこの犬かと思うくらいの低い声で、「いくらなんでもその態度は失礼だろ！」というようなことを訴える。

その声は、ゆりねの風貌と全く似つかわしくなく、そのたびに飼い主が度肝を抜かれているのだ。

まぁ、そういう声を聞くのは、一年に一回くらいだけど。

ゆりねだって、怒る時は本気で怒る。

振り返ればこの一年、週末のヨガにもずいぶんお世話になった。

定期的に一番よく会っていたのは、ヨガの先生かもしれない。

ヨガのおかげで、生活にメリハリができていた。

今回の緊急事態宣言で、わたしが毎日のように通っている銭湯がどうなるのかまだわからない。

ここも閉じてしまったら、結構、こたえる。

銭湯は、わがオアシスなのに。


今、秋田から芹《せり》が届いた。

さすが、産地直送だ。スーパーで売られているなよっとした芹とは気合が違う。

芹を、お腹いっぱいになるまでむしゃむしゃ食べたい。

その願望が、ようやく今夜、叶《かな》えられる。

今夜は、しゃぶしゃぶ。

豚肉以外、野菜は芹と椎茸《しいたけ》のみ。

山菜ノート　4月30日

山形の出羽屋さんから、山の宅配便が届いた。

段ボールの中に、山菜がぎっしり詰まっている。

春だなぁ。

ひとつひとつ新聞紙に包んであって、なんだか実家から送られてきたみたいで嬉しくなる。

青コゴミは、ゆがいて、ごま和《あ》えに。

赤コゴミは、ゆがいてから細かく切って、胡桃《くるみ》と共に白和えにする。

味付けは、オリーブオイル、醬油《しょうゆ》、ゆず酢。

コゴミの正式名は、「クサソテツ」。

そういえば、以前西表島《いりおもてじま》に行った時、ジャングルに、巨大なコゴミみたいな植物がニョキニョキ生えていたっけ。

ソテツと聞いて納得する。

ゆがくとぬめりが出て、ちょっと土っぽい味がするのが特徴だ。

βカロテンとビタミンEが豊富で、免疫力を高めてくれるというから、コロナ対策にもきっといいはず。

山うどは、1本を三通りの食べ方でいただく。

まず、チクチクとした毛が生えた皮は、細く切ってきんぴらに。

芽の部分は、天ぷら。

中のところは、透明になるまでよーくゆがいて胡桃味噌で和える。

ツキノワグマやカモシカの好物だそうだ。

どほいなは、今回初めて知った山菜。

鮮度が命とのこと。

葉っぱは天ぷらにするといいらしいので、千切りにして、石垣島のもずくと合わせてかき揚げにしよう。

茎の部分は、中が空洞になっていて、香りが強いから、お浸しに。

昨日の夜から出汁につけてある。

花ワサビは、1分くらい茹《ゆ》でてから、刻んで醬油と味醂《みりん》につけていただく。

タラの芽とコシアブラは、もちろん天ぷらで！

ウコギは、軽くゆがいてからキュッと絞って、ご飯に混ぜ、ウコギご飯に。

今夜は、おにぎりにしておこう。

しどけは、正式名称、モミジガサ。

葉っぱがモミジの形をしているのだけど、毒草のトリカブトと少し似ているから要注意だ。

ほろ苦い味わいが特徴だというけど、お浸しがいいのか、それとも卵と炒めるのがいいのか、悩ましいところ。

その場の雰囲気で決めよう。

他に、カタクリの花も入っていた。

お浸しにするといいらしけど、下剤になるほどの強い山菜なので、今回は鑑賞用として花瓶に活ける。

俯《うつむ》く姿が、可愛らしい。

行者にんにくは、オリーブオイルで炒めてから、ボロネーゼのソースに混ぜてパスタにしたら最高に美味しかった。


今夜のお客様は、友人のオカズ夫妻＋黒豆（犬）。

わたしの料理を、いちばん多く食べてくれているゲストだ。

この一年、外食の回数が減った分、こんなふうにお客様を呼んで家で食べる機会が増えた。

家だったら、お酒も飲めるしね。

素敵な夜になりそうな予感がする。

黒豆は相変わらず、ゆりねのお尻を追いかけ回していた。

大久保真紀さん　5月2日

毎朝読む新聞に、大久保真紀さんの名前を探すようになってから、ずいぶん長い月日が経つ。

どんなに小さな記事でも、大久保さんの書かれた記事は、探し出す自信がある。

大久保さんは朝日新聞の新聞記者だ。

大久保さんの書かれる記事は、何かが違う。

温もりがあるというか、魂があるというか。

書き手として、本当に素晴らしいと尊敬する。

わたしなんか、大久保さんの足元にも及ばない。

ずっとずっと、大久保さんの書かれる記事を追いかけてきた。

児童虐待や、冤罪《えんざい》、子どもへの性暴力。

大久保さんは、常に地面と同じ位置から問題を捉え、弱き者の立場に立って声なき声をすくい上げる。

本当に、本当に素晴らしい新聞記者だ。

大久保さんの書かれた署名記事に心を打たれるたび、一読者としてお手紙を書こうと思うのだけど、恥ずかしくて、なかなか書けないままでいた。

けれど、一昨年の秋、朝日新聞社で『ライオンのおやつ』のトークイベントをする際、思い切って、お手紙を書かせていただいた。

わたしも、読者の方からいただくお手紙が励みになるから。

ただただ、自分の思いを届けたいと思った。

その大久保真紀さんが、今回、日本記者クラブ賞を受賞された。

これは本当に素晴らしいこと。

過去には、筑紫《ちくし》哲也さんや鳥越《とりごえ》俊太郎さんも受賞されている。

わたしはもう、自分のことみたいに嬉しくて嬉しくて仕方がない。

本日の朝日新聞に、大久保さんの特集記事が組まれている。

その中に、わたしも寄稿文を書かせていただいた。

本当に恐れ多いのだけど。

機会がありましたら、ぜひ読んでください。

デジタルでも、お読みいただけます。

https://digital.asahi.com/articles/ASP4W7FBCP4NUTIL018.html
中学生の頃、新聞記者になりたいと思った時期があった。

でも大久保さんみたいな偉大な新聞記者のお仕事を知ると、自分には無理だったと断言できる。

大久保さんは、しなやかに戦う人だ。

これからも戦い続けてほしい。

植物の力

5月7日

母の妹である恭子おばさんが、山形から山菜を送ってくれた。
コシアブラ、タラの芽、こごみ、うど、あいこ、笹巻きもある。
でも、いちばん嬉しかったのは、写真だった。
封筒の中に入れられていた写真には、桜の木が写っている。
わたしにはもう、実家がない。
生まれ、育った家は、跡形もなくなって駐車場になっている。
わたしの実家は、おばにとっての実家でもある。
おばの方が、より多くの思い出を持っているかもしれない。
実家に、毎年春になると咲く、桜の木があった。
その木の下で、よくおままごとをして遊んだ。

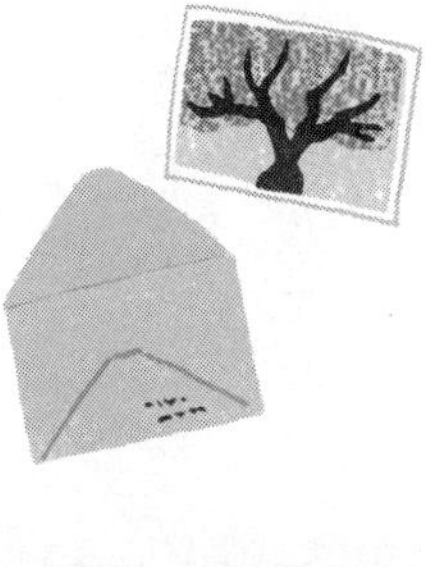

金魚や小鳥が死ぬと、その木の根元にお墓を作って弔《とむら》った。

わたしが親元を離れてからは、母が、まだ寒い時期に桜の枝を切って、新聞紙に包んで送ってくれた。

温かい場所に活けておくと、硬い蕾が少しずつ膨らんで、一足早く花を咲かせた。

実家の建物がなくなることは仕方ないとしても、その桜の木が切られてしまうことが、心苦しかった。

だから、旅行者として山形を訪れると、実家のあった場所の前を通る時は、いつも、さーっとなるべく見ないようにしていたのだ。

おばも、同じだったらしい。

「悲しくなるから、行かないようにしていた」と言っていた。

だから、桜の木が残っていることを、わたしもおばも知らなかった。

写真は実家にあった桜の木で、わたしと同い年の従兄がこの春撮ったものだという。

植物ってすごいなぁ。

実家の建物がなくなってせいせいしました、とばかりに、思いっきり空に向かって枝葉を広げている。

記憶にあるより、数段大きい。

石垣の向こうまで、自由気ままに伸び伸びと花を咲かせている。

「もう一本、木が見えるの、わかる？」と電話口でおばが言った。

言われてみれば、桜の木の奥の方に、斜めの幹が伸びている。

「それはね、枇杷《びわ》なんだって。その辺に、よく生ゴミとか捨ててたでしょ。そこに捨てられた枇杷の種から芽がでて、根付いたみたいなの」

そうそう、確かに実家には枇杷の木と柿の木もあった。

でも、枇杷と柿に関しては、建物の取り壊しといっしょに切り倒されてしまっていた。

だけど、親の枇杷はなくなっても、こうして命が繋がれていたのだ。

おばと電話で話しながら、わたしは涙が止まらなくなった。

いつか、おばといっしょに満開の桜を見られる日が来るといいと思った。

おそらく、おばはこの一年、一歩も外に出ていないのだろう。

もともと病気で倒れて家にこもりがちになっていたのが、コロナで、ますます家から出られなくなった。

その影響が、おばの声に如実に表れていて、切なくなる。

母は亡くなってしまったけれど、そのことでおばとは再び交流できるようになったし、実家の建物は取り壊されたけど、桜の木は今年も盛大に花を咲かせている。

それでいいんだな、と思う。

永遠なんて、ないんだし。

3枚の桜の木の写真を見ながら、すとんと納得した。


ところで、オリンピック、まだやるつもりでいるのだろうか？

コロナで人々がこれだけ悲鳴をあげている状況で、日常生活もままならないというのに、オリンピックを開催するというのが、わたしにはどうしても賢い判断に思えないのだけど。

77日後にオリンピック？？？　ありえないし、オールジャパンって、何ですか？？？

挙国一致で敵に向かえば、自分たちは特別な国民だから、神風が吹いてコロナを吹き飛ばしてくれるとでも、本気の本気で信じているのだろうか？

それって、愚かな過ちを犯した80年近く前の日本と、何も成長していないということになる。

恐ろしすぎて、言葉も出ない。

今やらなければいけないことをきちんとやって、冷静に、正しい判断をしてほしい。判断を先に延ばせば延ばすほど、被る代償はますます大きくなる。

誰のためのオリンピックなのか？

おばの弱々しい声を電話口で聞きながら、わたしは憤る気持ちを抑えることができなかった。

ここは、スパッと潔く、英断していただきたい。

先日届いた芹の根っこを、ボウルに水を張ってベランダに出しておいたら、またかわいい芽が伸びてきた。

手作り週間　5月9日

今週末は、2日連続でヨガへ行った。

だって、他に行くところがないのだもの。

お風呂も、緊急事態宣言を受けてクローズになってしまったし。

家にいる時間が長いので、あれやこれやと手作りの分野を広げている。

なんでも手作りすればいいとは全然思っていなくて、餅は餅屋に任せようというのが基本姿勢ではあるのだけど、こと味噌に限っては、自分で作った手前味噌が一番だという結論に達した。

最近は、京都の舞鶴にある大阪屋こうじ店の生麹のお世話になっている。

こちらの生麹は、香りが良くて、とてもいいお味噌になる。

今回は、もろみセットも取り寄せてみた。

もろみ麹は、豆麹と麦麹と米麹をよく混ぜ、そこに醬油と味醂を入れて常温で寝かせると完成する。

半年ほど前、山形で作られているものすごく美味しいもろみ味噌に出会い、自分でもやってみたくなった。

麹に触れていると、なんでこんなに幸せな気持ちになるのか自分でもわからないけれど、でも毎回、とてもこころが穏やかになる。

特にこの季節は、窓を開け放って、気持ちのいい風を感じながら作業できるのがいい。

味噌の方は、先日訪れた石垣島の、米原《よねはら》の海塩を使って仕込んだ。

こうやっていろんな塩を使って作ることができるのも、手作り味噌の良さだ。

そして今、新たに挑戦しようと思っているのが、石鹼《せっけん》だ。

日本で無添加のいい石鹼を買おうとすると、結構なお値段がする。

お気に入りの石鹼をいちいちドイツから送るというのも、なんだかなぁ、と思うので、味噌の次は石鹼に手を広げてみようかと。

けれどこれが、なかなかハードルが高くて、困っている。

水と油を混ぜるためには、アルカリ性の物質で両者をくっつける必要があるのだが、大体の手作り石鹼のレシピを見ると、その役割を担うものとして「苛性ソーダ」が使われている。

けれど、この苛性ソーダは劇薬で、簡単には手に入らない。

わたしも昨日から薬局を回っているのだけど、どこも置いていないのだ。

購入の際も、身分証と印鑑が必要というから、よほど扱いに注意しないといけない。

石鹸を作るのに、そんな劇薬が使われているなんて、知らなかった。

自分で扱うのも怖いし、苛性ソーダを使う以外の作り方を模索しているけれど、どうなることやら。

今日は、あんまりいいお天気で、日曜日にヨガをしたらすっかり開放的な気分になって、お昼からビールを飲んじゃった。

ビールの季節、到来だ。

わたしが最近気に入っているのは、月山《がっさん》ビール。

ピルスナーとミュンヒナーの2種類あって、どっちもいい味。

これからは、わざわざドイツのビールを飲む必要なし！

と、ここまで書いて思い出した。

わたし、バナナアイスも作ってたんだっけ。

早くかき混ぜなくちゃ！

日傘の季節　5月17日

ついこの間、春が来たと喜んでいたと思ったら、もう今日は梅雨《つゆ》空だ。
さっき自転車で薬局まで行ったけど、空気がじとっとしている。
風が強くて、帽子が飛ばないよう必死に手で押さえながら運転した。
関東では、この先しばらく雨マークが続いている。
梅の実もぷっくりと膨らみ始め、枝から落ちた小梅ちゃんが地面に落ちて潰れていた。
それを見て、そうか、そろそろ梅仕事の季節なんだな、と思い出した。
早速家に帰ってから、梅の実を注文した。
去年は出遅れたせいで、小粒の梅を手に入れることができなかった。
今年こそは、小梅ちゃんを梅干しにしたい。

新しい日傘を買った。

日光アレルギーだから、日傘は必需品である。

帽子でもある程度日光を遮ることはできるけれど、やっぱり日傘の方が安心だ。

わたしの場合、夏だけでなく冬も、日傘が手放せない。

振り返ると、これまでにいろんな日傘と付き合ってきた。

何本かの日傘を経て、最終的にわたしが辿《たど》り着いたのは、男性用の日傘だ。

しかも、晴雨兼用。

結論としては、これがベストである。

まず、女性用の日傘は小さい。

1本、女性用の晴雨兼用日傘を持っているけれど、太陽光はまずまず防げるにしても、雨の場合、守ってくれる面積が小さすぎる。

これだと、雨でずぶ濡《ぬ》れになる恐れがある。

そして、日傘を買うなら、断然、晴雨兼用がおすすめだ。

この季節は特に、急に雨が降ってきたり、かと思うと急に雨が上がって青空になったり、空模様が七変化する。

そんな時、雨用と晴れ用、両方持って歩くなんて無理だし、だったら最初から両方に使える傘を選んだ方が賢い。

しかも、そうすれば収納にも場所を取らない。

最近は、男性用の日傘もいい感じのが増えている。

男の人だって、炎天下を歩く時は日傘を差した方が身のためだと思うし、この際、日傘は女の人のもの、なんていう固定観念は取っ払って、どんどん使って欲しい。

日傘を差すのと差さないのとでは、感じる暑さもだいぶ違ってくる。

スーツに日傘を差して爽やかに歩いている男性の姿は、とても素敵だと思う。

わたしが今回選んだのは、鮮やかなブルーの日傘。

表には麻の生地が、裏側には防水の生地が張られていて、これならどんなに強い雨が降っても漏れる心配はない。

早速昨日使って、大満足。

これから日傘を買おうという方は、男性用の晴雨兼用もぜひ、チェックしてみてくださいね。

友情　5月26日

とても好きな女性がいた。

彼女は食べ物屋さんのマダムだった。

お店のこと、料理のこと、いつもいつも真剣に向き合い、考えていた。

彼女の生きる姿勢がとても好きで、ユーモアと真面目さのバランスが羨《うらや》ましくて、なんとなく少しだけ距離を置いて、彼女に好意を抱いていた。

こんなふうに生きたいな、と思う理想的な素敵な女性だった。

何度か、手紙のやりとりをしたことがある。

彼女が書いてくれた手紙がベルリンの郵便受けに入っているのを見つけた時、私はものすごく嬉しかった。

すぐに返事を書くことができなくて、気持ちが膨らむのを待ってからお返事を書いた。

私は、少しずつ距離を縮め、ゆっくりと友情を育むつもりでいた。

きっと、ものすごくいい関係が築けるだろう、という確信があった。

向こうも、そう思っていたと思う。

でも、もう彼女の体はこの世界にない。

そのことを、先日、人づてに聞いた。

私より、まだ若い人だった。

お店は、もうすぐクローズするという。


彼女のいた面影みたいなものに触れたくて、先日、お店を訪ねた。

一見、何も変わっていないように見えたけど、彼女が立っていないその店は、やっぱりどこか芯がないというか、おぼつかないというか、以前のお店とは違う気がした。

いつか、親友になれると思っていたのに。

自分の考えの甘さに、彼女からピシャリとほっぺたを叩《たた》かれた気分だ。

ゆっくり友情を育もうなんてカッコつけないで、すぐに気持ちを伝えておけばよかった。

先日、彼女がいたのと同じ町で、大学の同級生と再会した。

学生時代はそんなに親しくしていた感じではなかったけど、でも顔と名前はちゃんと覚えていた。

数年前、サイン会をした時にわざわざ会いに来てくれたのだ。

紅茶を飲みながら、いろんな話をした。

その後、傘を差しながら少し近所を散歩した。

背中を押してくれたのは、もうこの世界にいない彼女だった。

もたもたしていたら、せっかくの縁も水の泡になってしまうでしょ、と。

食べ物屋さんのマダムと大学の同級生は全然関係がないけれど、私の中ではとても深く結びついている。

私が家を留守にしている間に、いただいた薔薇《ばら》の花が見事なまでに散っていた。

この姿を見て、また彼女のことを思った。

人生って、自分たちが思っているより、もっともっとあっという間なのかもしれない。

彼女といろんなことを話して、笑ったり、泣いたり、怒ったり、したかったという後悔は、この先もきっと消えないだろう。

だからこれからは、好きな人がいたら、自分から積極的に会いに行こうと思う。

今夜は、皆既月食とのこと。
あと1時間くらいで、それが始まる。
見えるかな？　見たいな！！！
どうか雲がなくなってまんまるお月様に会えますように。

ちまちま　5月27日

昨夜は残念ながら皆既月食、後半のちょこっとしか見られなかった。

でも、ちょうど時間に合わせて外に出たら、皆さん外に繰り出して空を見上げていて、それはなんだか花火大会の始まりを待つようで、懐かしい雰囲気だった。

ところで、今年は花火大会、できるのかな？

花火大会はダメで、でもオリンピックとパラリンピックは何がなんでもするのかな？

もちろん、選手の方たちのことを思うと開催してあげたいけれど。

でも、ここは俯瞰《ふかん》で物事を判断する方が賢明のような気がする。


今日は一日雨だった。

緊急事態宣言で行きつけのスーパー銭湯がクローズとなり、それじゃなくても手持ち無沙

汰だというのに、その上、ゆりねのお散歩にも行けない。

仕方がないので、昨日の夜、皆既月食を見がてら野菜の無人販売ロッカーで買ってきた山《さん》椒《しょう》の実を醬油漬けにする。

もう、山椒の実の季節なのだ。

記憶が定かではないけれど、去年はもう少し遅かったはず。

しかもショックだったのは、ロッカーに梅の実も並んでいたこと。

五月で、もう梅かぁ。

今年は桜が早く咲いて驚いたけど、やっぱり季節の巡りが狂っているとしか思えない。

大好きなハナレグミの音楽を聴きながら、ちまちまと山椒の実のお世話をする。

晩ごはんの後、少し雨足が弱まったので、今しかない！　と思いゆりねを連れてお散歩へ出た。

いけないことなんだろうけど、わたしはいつも、ゆりねの好きに歩かせている。

こっちに行きたいと言えばこっち、こっちは嫌だと言えばあっちへ。

ゆりねは、自分の歩きたくない道では、頑《かたく》なに動こうとしないのだ。

ちなみに、多くの飼い主さんが禁じている、地面に体をこすりつけてスリスリするのも、好きにさせている。だって、犬だから。

でも、雨の日とか暗くなってからは、ゆりねの好きにさせるわけにはいかず、にらめっこする結果となる。

今日も、多くの曲がり角で、あっちに行きたいゆりねと、こっちに導きたいわたしが、衝突した。

また雨が降ってきたし、暗くなってきたし、わたしはなるべく近道して家に帰りたかった。


卵を買いたかったので無人販売ロッカーに寄ったら、また山椒の実が売られている。

一袋300円のを、3袋買った。

これは、明日の宿題。

また、ちまちま仕事に精を出そう。

わたしは、こういうちまちまとした仕事が、決して嫌いではないのだ。

でも、眼鏡をかけないとできなくなってしまった。

来週は、らっきょうを漬けようと思っている。

思い込み　5月31日

久しぶりに、お茶のお稽古に通いたくなった。

20代、30代の頃は、茶道教室に通っていたけれど、書く仕事が本格化してからは、なかなかタイミングが合わなくなったこともあり、お稽古から足が遠のいていた。

日本に戻ったら真っ先にやりたいことの一つだったけれど、あいにくコロナの影響で、なかなかそれも実現できずにいた。

自分に合ったいい教室や先生を探すのも課題だった。

わたしは、のんびりお茶を習いたい。

お茶名とかには興味はなく、お茶室でお抹茶をいただき、緩やかな時間の流れそのものを味わうのが目的なので、それほどお茶にお金をかけたいとも思わない。

要するに、ただただリラックスしてお茶を飲んだり点《た》てたりしたいのだ。

そういう態度でも受け入れてくれる先生のところで、お茶のお稽古がしたかった。

先日、ひょんなことから、ここならいいかも、と思う教室を見つけた。

場所は東京の反対側だけれど、まぁ月に1回、のんびりと小旅行気分で出かけるのも悪くない。

何より、古いお道具を使ってお稽古をする、という点に惹《ひ》かれた。

早速先生に連絡を取り、お稽古の見学をさせていただくことにした。

久しぶりの着物である。

まだ五月だけど、もう六月が目前だし、単《ひとえ》の着物に袖を通した。

帯は、ずいぶん前に買った古いアンティークをしめる。

結構、サクサクと着付けができて自分でも驚いた。

道具を準備している途中で、白い足袋《たび》がないことに気づいて慌てふためく。

デパートはお休みだし、と思って個人商店の着物屋さんに電話をし、白足袋の在庫を確認する。

雨が心配だったけど、歩きやすい畳表の草履《ぞうり》を履いて、いざ出発。

もちろん、手には晴雨兼用の日傘を持つ。

バス、電車、と乗り継いでまずは途中で白足袋をゲットし、更に電車、電車、電車、と乗り継ぐ。

もう少し楽に行けるルートもあるのだけど、渋谷や新宿は極力通りたくないので、地下鉄だけで行った。

日曜日にしては、やっぱり空《す》いているかもしれない。

汗をかきかき、ようやくお稽古が行われているギャラリーの前に辿り着く。

が、開いているはずのお店が、閉まっていた。

ん？　日にちを間違えたかしら？

でも、確かに合っている。

ということは、緊急事態宣言の延長を受けて、急遽《きゅうきょ》、お稽古がお休みになったのだろうか？

しばらく建物の前に立って様子を窺《うかが》うも、誰も来ないし、誰も出てこない。

呼び鈴を押しても返事がないし。

結局、また元のルートを引き返した。

せっかく着物で出かけたのだしなぁ、と思って、途中、ずっと気になっていた印伝のお店に立ち寄る。

何も買わずに店を出て、冷たい豆かんでも食べて帰ろうかと思ったけれど、少し我慢してそのまま帰宅した。

速攻で帯をほどき、着物をほどき、ささっと普段着に着替えて、冷蔵庫からビールを取り出す。

あー、美味しい。

最高だ。

汗をたくさんかいて、着物の束縛から解放された後のビールは格別である。

おつまみに、お煎餅をポリポリ。

数時間後、先生からメールが来ていた。

件名に、「ごめんなさい。」とある。

どうやら、お稽古は予定通り中で行われていたらしいのだ。

ただ、お稽古の時は、お店の表玄関は閉めてあり、横にある御勝手口のようなところから出入りするという。

その御勝手口は確かにあったけれど、わたしはさすがに開けることができなかったのだ。

てっきり、お休みになったものと思い込んでしまった。

こういう失敗、わたしにはよくある。

きっと、というか間違いなく、わたしは思い込みの激しい人間なのだ。

いけない、と思いつつ、どうもその癖が治らない。

でもそのおかげで、美味しいビールが飲めたし、先生とのメールのやりとりで、どんな先生かもお察しすることができた。


次に見学に行けるのは九月になるから、その時は、再度事前に状況を確認するべし。

それにしても、この帯をしめられたのが、嬉しい。

つい最近クリーニングに出したから、なんだか気持ちよかった。

とても古い帯で、この色合いとか、なかなか今の帯では味わえない。

梅雨になると、わたしはこの帯がしめたくなる。

小梅ちゃん　6月2日

連日連夜、というほど切羽詰まっていたわけではないけれど、ここ数日、梅仕事に追われていた。

今年は満を持して、小粒サイズの梅を5キロ頼んでいた。

季節の巡りが早いのか、思っていたより早く届いて、5月のうちに梅仕事がスタートする。

小梅ちゃんたち、小さくて可愛い。

わたしのやり方は1キロずつ小分けにして漬けるので、香りが立ち、ほんのり黄色くなっている実を選別しては、洗って、干して、なり口の軸をのぞいていく。

が、この作業が、なかなか大変なのだ。

同じ1キロといっても、大きいサイズの1キロ分と、小さいサイズの1キロ分とでは、個数が格段に違ってくるからだ。

小梅ちゃんだと、当然、数が増える。

通称、おへそのゴマ取り作業。

一つ一つ小梅ちゃんを手に取っては、楊枝《ようじ》などでおへそのゴマを取り除いていく。

まさに、ちまちま。

小梅ちゃんたちは、色、形、大きさもそれぞれ違って、本当に愛くるしいのだ。

みんなに挨拶するような気持ちで、ゴマを取る。

本当に、おへそのゴマにそっくりだ。

でも、これって本当に梅のおへそのゴマなのかも！？！

ちなみに1キロで何個あるか数えたら、265個だった。

つまり、5キロだとその5倍だから、単純計算で1325個。

わたしは、1300個もの小梅ちゃんのおへそのゴマを取ることになる。

でも、1000個以上あれば、安心だ。

これで一日1個梅干しを食べても、まだお釣りがくる。

ゴマ取り作業が終わったら、塩と合わせて、ジッパー付きの保存袋へ。
一日経つと、もう梅酢が上がっていた。
順調、順調。

この作業を5セット繰り返して、めでたく、今年の梅仕事の前半戦が終了した。
あとは、大きい梅でよそゆきの梅干しでも作ろうかな。

梅仕事を終えてから、久しぶりに銭湯へ。
やっぱりお風呂は、こうじゃなきゃ！
久々にお会いした風呂友さんと、再開してよかったですねぇ、と言い合った。
今までの分を取り戻すつもりでもなかったのだが、気がついたら長風呂に。
空を見上げながら入れるお風呂は、最高！

石鹼工房

6月17日

きっかけは、夕方通っていた銭湯が、緊急事態宣言でクローズしてしまったことだった。思いのほか時間ができたので、石鹼でも作ってみよう、と思い立ったのだ。ラッキーなことに、近所で手作り石鹼教室をしている方がいて、一通り石鹼の作り方を教えていただいた。

石鹼作りは、お菓子作りにとてもよく似ている。

材料をきっちりと量らないといけない点、材料の温度が重要な鍵を握る点、使う道具も、ボウルや泡立て器など共通する点が多い。

難関だった苛性ソーダの入手に関しては、石鹼教室の先生に教えていただき、無事、近所の薬局で手に入れることができた。

大変なのは、苛性ソーダと水と油を合わせてから、ひたすら混ぜることで、文字が書けるくらいの「トレース」の状態を目指すのだが、初めて自力で作った時、一時間経っても、まだ全然トレース状態にならず、流石に音をあげ、手動の泡立て器から、家にあったブレンダーに持ち替えた。

機械に頼って大正解だった。

手動の泡立て器でやっていた時は、あんなに変化がなかったのに、電動のブレンダーを使ったら、ものの数十秒でトレース状態に達した。

1台、ブレンダーが余っていたから、ちょうどよかった。

夏用の石鹸には、爽やかになるようミントやティートゥリーの精油で香りづけしたりと、自分好みの石鹸が作れるのが嬉しい。

最近は、石鹸だけでなく、化粧水やリップクリームなんかも、手作りしている。

これがまた、なーんだ、と拍子抜けしてしまうほど簡単で、今まで高いお金を出してオーガニックのそういうものを買っていたのはなんだったんだ、と愕然《がくぜん》とした。

キャンドルを灯《とも》して余ったミツロウも使えるし、飲み忘れたハーブティーとか、冷蔵庫で固くなっていたココナツオイルとか、結構、手作りコスメに応用できたりする。

ずっと使う機会がなかったローズのオイルも、塩と混ぜてスクラブにした。

工夫次第で、あれこれ作れるものじゃのぅ。

これでますます、お風呂時間が楽しくなった。

今日は、デトックス効果の高いひまし油を使って、シナモンの香りの石鹸を作ろうと思っている。

今日もこれから、石鹸を作る予定だ。

でもその前に、「大豆田とわ子」さんのドラマを見るのですよ！

最終回のひとつ前で初めて見たら面白すぎて、今、第一話から通して見ているところ。

最終回まで見てしまうのがもったいない気もするけど、早く見たくてウズウズしている自分もいる。

もしかして、わたしに監視カメラがついてるんじゃないの？　ってくらい、思い当たる「あるある」がいっぱいで、完全に参った。

たまに、ズボッとハマってしまうドラマがある。

次は『コントが始まる』を見る予定。

ひめゆり

6月21日

梅雨の晴れ間、家中にある笊《ざる》を総動員して、梅干しをベランダへ。
今日で2日目。
かわいい小梅ちゃんたちが、すくすくと梅干し目指して育っている。

週末、『ひめゆり』を見に行ってきた。
沖縄地上戦に駆り出されたひめゆり学徒隊の中で、生き残った方たち22人のインタビューをまとめたドキュメンタリー映画だ。
15歳から19歳の少女222人が戦場に送られ、陸軍病院などで看護活動にあたった。半数以上の136名が戦場で命を落としたという。
作品は2006年の製作だが、毎年、沖縄地上戦の組織的な戦闘が終結したとされる6月

23日の「慰霊の日」に合わせて、今でも映画館で上映されているとのこと。

わたしが行った初日も、たくさんの若い人が見に訪れていた。

第一部、第二部、第三部という構成になっていて、第一部だけでも過酷な内容なのに、第二部、第三部と、あの戦争の実態が見えてくる気がした。

敵に包囲されている状況で、解散と言われ、路頭に迷う少女たち。

生き残った方たちも、まだ10代という若さで、悲惨な人間の最期の姿を目の当たりにし、親しい友人との無残な別れを経験した。

なんていう愚かなことをしたのだろう、と改めて静かな憤りを感じずにはいられなかった。

上演後の、柴田昌平監督のお話がとても良かった。

確かに、証言をされた方たちの姿が美しい。

それほど辛《つら》いことを経験したのに、恨みがましさがないのが、印象的だった。

彼女たちは、ただただ、平和を祈っている。

若くして亡くなった友人たちの使命を背負って、生きているのだと思った。

その覚悟のようなものが、画面を通して伝わってきた。

今日は、夏至。
一年のうち、昼の時間がもっとも長くなる。
でも裏を返せば、明日からまたちょっとずつ冬に近づいていくのだ。
ぼちぼち、一年の半分が過ぎてしまう。
明後日は、ゆりねの誕生日だ。
もう7歳かぁ。

この春、石垣島で見たゆりの花が綺麗《きれい》だった。

なんちゃってホットサンド

7月6日

雨、雨、雨、雨で、晴雨兼用の紳士傘が大活躍しているけれど、あと1回となった梅干しの土用干しができずにいる。

あと1週間のうちに晴れ間が出てくれないとスケジュール的にちょっと困るのだが、天気予報は尚も傘マークが続いている。

朝昼ごはんにパン食はあんまりしないのだけど、最近ちょっと増えているのだ。というのも、新聞に小さく載っていたなんちゃってホットサンドが手軽にできて美味しいから。

本当に簡単。

まずはフライパンでスクランブルエッグを作る。

それを、食パンの間に挟んで、一緒にハムも挟んで、それをまたフライパンに戻して両面

を焼けば出来上がり。

ポイントとしては、焼く時に、片面ずつ、バターを一欠片《かけら》パンの下に滑り込ませること。そうすることで、こんがりと、きれいな狐色に仕上がる。

パンを焼く時の火は、弱火で。

結構すぐに焦げるので、それだけ注意すればいい。


ホットサンドなんて、専用のプレートが必要とばかり思っていたけど、なーんだ、こんなに簡単にできるのだ。

新聞のレシピでは、卵とハムの他に、アスパラガスを挟んでいて、それも一度やってみて美味しかったけど、別になくても大丈夫。

なんなら、卵だけでもシンプルでいいと思う。


午後は、録画しておいた『ライオンのおやつ』の第2話を見た。

土村芳《かほ》さんの演技が、素敵だなぁ。

鈴木京香さんのマドンナ役も雰囲気があるし、狩野姉妹もいい味を出している。

わたしとしては、六花《ろっか》役のワンコちゃんが気になるところ。

あのアフロヘアーこそ典型的なビションフリーゼで、口の周りが汚いところとか、動きがチャカチャカしているところとか、うんうん、そうそう、と思えることがたくさんある。ところであのワンコちゃんは、どうやって八丈島まで行ったのかな？　ちゃんとご褒美のおやつをもらえているといいなぁ。

瀬戸内の景色も穏やかでいいけれど、なんだか八丈島にもまた行きたくなってきた。

ドラマを見終わってから、ゆりねのトリミングをした。

コロナ以来、ずーっとお家カットで済ませている。

できない肛門腺絞りだけは、病院のお世話になって、あとはちょこちょこ、伸びたらカット。

カットする時にいつもイメージしているのは、ムーミンだ。

頭の毛と尻尾だけ残して、あとは基本的にバリカンで丸坊主にしてしまう。

だってゆりねに、

「もう少しヘアースタイルが可愛くてオシャレになるのと、美味しいご飯が食べられるのと、どっちがいい？」

と尋ねたら、答えは断然、後者なのだ。

つまり、トリミングをプロのトリマーさんにお願いしない分のお金で、いい餌を買いましょう、という提案。

確かにわたしがトリミングをすると素人丸出しで歪《いびつ》ではあるけど、まぁ、ゆりねの精神的負担も、わたしの経済的負担も、両方減らすことができるから、当分、この感じで行こうと思っている。

トリミングをしながら、ずっと民謡クルセイダーズを聴いていた。

なんだか最近こればっかりだ。

すっかりハマってしまった。

ライブはさぞかし盛り上がるだろうなぁ。行きたいなぁ。

早く、そんな時間を楽しめるようになるといいんだけどなぁ。

センザンコウ

7月15日

一昨日だったかな、新聞に、フランス政府から日本政府に、オリンピックを2024年の共同開催にしてはどうかという打診があったらしい、ということが書かれていた。

つまり、東京での開催を更に3年延長して、パリと東京2都市でのオリンピックにするということ。

それが事実だとしたら、どうしてもっとそのことを国民レベルで議論せず、さっさと闇に葬ってしまったのだろう。

3年後だったら、コロナの終息が見えている可能性が高いし、第一、パリと東京で一つのオリンピックをするというのは、新しい試みとして、これからのオリンピックの姿を模索するきっかけになるかもしれない。

実現する、しないは別にして、そういう打診があるということを、大っぴらにしてほしかったと残念になる。

いまだに、本当にこの状況でオリンピックをやるのだろうかと首を傾《かし》げてしまうけれど、開幕まであと8日らしい。

まじっすか、って感じ。


今読んでいる本に、立て続けに「センザンコウ」のことが出てきた。

センザンコウ、わたしも本を読むまで知らなかったけれど、この生き物は世界でもっとも違法取引をされているという。

センザンコウは、センザンコウ目（有鱗目、鱗甲目）センザンコウ科（1目1科）の哺乳類で、東南アジアに4種、アフリカにも4種が生息している。

特にアジアの4種は、人間が生薬や媚薬《びやく》、食料として乱獲したため、個体数が激減しているそうだ。

中でもミミセンザンコウとマレーセンザンコウは、絶滅の危機にある。

アジアのセンザンコウが個体数を減らしたため、アフリカのセンザンコウもまた、個体数を著しく減らしている。

一体、人間の欲望はどこまで続くのだろう。

日本でも、センザンコウの製品が売られているという。

すぐにインターネットで調べたら、センザンコウは本当に美しい動物だった。

体が立派な鱗《うろこ》で覆われている。

人間の手では決して作れない、神様からの贈り物なのに。

そういえば、この間、鎌倉でアイヌの布の展示会に行ったら、とても素晴らしいアイヌの言葉と出会った。

「天の国から役目なしに降ろされたものはひとつもない」

本当にそうだと思う。

だからこそ、命をいただくことに対して感謝の気持ちを忘れてはいけないと思うし、人間の快楽やお金儲《もう》けのため、いたずらに他の生き物の命を奪うことは、あってはならないことだと思うのだ。

そして、人間がセンザンコウを捕まえるため自然の奥地まで侵入することで、未知のウイルスが人間に感染し、蔓延《まんえん》する。

コロナにしろ気候変動にしろ、自分たちの欲望が、結局は自分たちを苦しめている。

２０１０年のバンクーバー冬季オリンピックで、期間中１００頭のハスキー犬が観光用の犬ぞりを引くために集められたが、その犬たちは、オリンピックが終わると、全頭が不要になったとして殺されてしまったそうだ。


さて、ほぼ1週間後に迫った東京でのオリンピック開催。

ほぼ無観客でということは、新しい競技場に作った観客席、無駄になってしまうんですね。

オリンピックを誘致する、しない、の舵取りも、元を辿れば、私たちが選挙で選んだ政治家が決めたこと。ということで、一票の重みを、大事にしないと！

外国から来る方々への「お・も・て・な・し」もほぼできないし、日本勢が活躍して金メダルラッシュになっても、なんだかそれって本当に公平な試合なのだろうか、と疑問に感じてしまうだろうし、そんな様子を世界はどういう目で見るか。


昨日くらいから、蟬《せみ》の声を聞くようになった。

夕方の銭湯時間が、わたしにとっては唯一の楽しみ。

この夏も、せっせと自転車を漕いで、銭湯に通おう。

ジャガー　7月23日

最近は、朝早く散歩に行くようにしている。

起きたらすぐ、ゆりねにハーネスをつけて、外へ。

朝の散歩は気持ちいい。

まだ暑くなくて、時々ひんやりした風が吹くから、ゆりねの足取りも軽く、ぴょんぴょん跳ねるように歩く。

夏の朝は特に開放的で、雨戸を開ける音、テレビ（たいていはNHK）のアナウンサーの声、コーヒーの香り、家族の会話など、いろんな音や匂いがする。

先日、ゆりねのリードに引かれながら川沿いから一本中に入った路地を歩いていたら、おや、と足が止まった。

かっこいい車が止まっている。

車の免許をとって以来、人様の乗っている車が妙に気になるようになった。

素敵な車が通り過ぎると、つい後ろ姿を目で追いかけて車種をチェックしてしまう。

その車は、エレガントな形で、色はわたしの一番好きな、青みがかったライトグレーだった。

そして、車の前のところににょろっと、オコジョみたいなのが伸びている。

おぉぉぉぉ、これがＪＡＧＵＡＲか。

なんとまぁ、気品があって、美しいのだろう。しばし惚れ惚れとした。

自分が乗ろうなんて夢にも思わないけど、見ている分には目の保養になる。

もうひとつ、車として好きなのはベントレーだ。

こちらも、わたしが運転したら車に失礼だけど、素敵だなぁ、と思う。

車には全く詳しくないけど、きゃー、素敵、と思うとベントレーだったりすることが多い。

まぁ、いくら宝くじが当たったとて、ジャガーもベントレーも選択肢には入らないけど。

わたしが車に求めるのは、安全であること。

そして、自動の駐車機能がついていること。

となると、必然的に、国産の、ごくごく普通の車になる。

普通が一番、というのは、自転車に乗っていてしみじみ感じる。

当初、わたしはせっかく乗るならカーゴバイクがいいなぁ、なんて夢見ていた。前や後ろに、大きなカゴというか箱がくっついている自転車だ。ベルリンにいた時、結構な頻度で見かけた。子どもを3人くらい乗せて楽しそうに乗っている姿を見て、いつか自分も、なんて妄想していたのだ。

でも、日本では交通事情が異なるし、あれを置こうとすると、それこそ車1台分の駐車場が必要になってしまう。

ならば、とめちゃくちゃ普通の自転車にした。

車輪の大きさも小さめで、これなら信号などで止まる時もきちんと地面に足が着く。こだわったのは前にも後ろにもカゴをつけることで、これがものすごく便利で助かる。ライトも暗いところに行くと自動でつくし、普通の自転車にして大正解だった。

先日、『天然生活』の特集で、わたしの自転車の写真が大きく載った。

こんなめちゃくちゃ普通の自転車が大きく出ちゃってどうしよう、と恐縮していたら、なんと、多数の問い合わせが来ているというのだから、びっくり。

しかも、皆さん大きなカゴに関心があるようなのだ。

世の中、わからないものだ。

かっこいい自転車も、おしゃれな自転車も、巷《ちまた》に溢《あふ》れている。

でもわたし、もうそういうものに興味がないのだ。

いくらかっこよくても、おしゃれでも、乗りづらかったら、その時点で却下する。

本当に優れているものというのは、見た目も無駄がなく洗練され、しかも使いやすい。

美しさと実用性、両方を兼ね備えているものが、暮らしには大切なんじゃないかと思っている。

見た目だけよくって、実際に使ってみるととんでもなく使いづらいものとか、そういうのはもうたくさんだ。


そういう面で、ジャガーとかベントレーは、どうなんだろう？

一回くらい、ハンドルを握ってみたい気もするけれど、若葉マークは似合わないしなぁ。

朝、美しいジャガーを見に行くことが、ここ最近の密かな楽しみになっている。

暑さ対策

7月26日

本当は、今頃南仏にいるはずだったのだ。

ぴーちゃんがベルリンから南仏に引っ越したので、彼女とこの夏を一緒に過ごそうと予定を立てていた。

全て荷物をまとめ、保険にも入り、ＰＣＲ検査の予約もし、あとは行くだけ、という段階で、行くのを断念した。

結局、それで正解だったのかもしれない。

フランスは、ワクチン接種済みの証明書がないとレストランやカフェに入れなくなるというし、規制を外したイギリスの影響が、どうフランスに及ぶかもわからない。

いろいろ考えると不安要素ばかりが膨らみ、ぴーちゃんに会えないのは本当に本当に残念だけど、去年に引き続き、この夏も日本で過ごしている。

本格的な暑さがやってきたので、わたしはせっせと暑さ対策に取り組んでいる。

まずは、食べ物。

普段食べない冷たいものを、夏だけは大いに食べる。

ゆるゆるのコーヒーゼリーは冷蔵庫に欠かせないアイテムだし、冷やし中華なんて、毎日でもいいくらい。

そうめん、冷麦、お蕎麦、うどん、基本はどれも冷たい出汁をかけてぶっかけで。

カッペリーニを使った冷たいトマトのパスタもいい。

あと、焼き茄子。

焦げるまで焼いて皮をむき、それを冷やして食べる。

お茶も、中国茶を水につけて、そのまま水出しにする。

出汁も、昆布と煮干しを適当に入れて、水出しに。

なるべく火を使わないで済むよう、工夫する。

ハッカスプレーも、暑い時、シュッと首筋や手足に吹きかけると、スースーして気持ちいい。

日本ハッカのエッセンシャルオイルを、水でうんと薄めて使っている。

虫除けにもなるから、外に出る前も、シュッとひと吹き。

あと、おすすめなのは、和装用のステテコ。

夏着物の中に着る肌襦袢《じゅばん》として買ったのだけど、これが薄くて、ふわっとしていて、快適なのだ。

ウエストもゴムで楽ちんだし、汗をかいてもすぐに乾く。

透け感のあるスカートやワンピースの中に穿《は》くのも都合がいいし、わたしは盛夏用のパジャマとしても愛用している。

お値段もお手頃で、何枚か揃えておくと、本当に便利だ。

もちろん、ビールは最高の暑さ対策になる。

特急いなほ

7月28日

初めて、日本海の方から山形へ入った。

上越新幹線で新潟へ、新潟からは在来線の特急いなほで鶴岡を目指す。

途中で台風を追い抜いたのがわかった。

予定を1日早めて正解だった。

新潟を過ぎると、列車は日本海すれすれの海岸線を走る。

それが楽しみで、陸路にしたのだ。

同じ山形県に入るのでも、わたしはいつも、内陸を走る新幹線「つばさ」を使っている。

でも今回は日本海側の旅なので、いつもとは逆側から入った。

県境を越え、山形に入った途端、なんだかホッとする。

日本海が、最高だった。

ここはコートダジュールかな？　っていうくらい、風光明媚《めいび》な景色が続く。

昔は、日本海は暗くて寒くておどろおどろしいイメージしかなかったけれど、ようやくこの歳になって、日本海がいいなぁと思えるようになった。


予約していたホテルは、田んぼの真ん中に建っている。

なんだかとてもいい感じ。

お部屋に机もあるし、ベッドは硬いし、掛け布団のシーツをマットレスの下に入れ込んでいないのも嬉しいし、わたしにとっては理想的なホテルだ。

しかも、露天風呂のお風呂に素敵なサウナがある。

昨日は、夕方5時半から入って、気がついたら夜の10時半まで、露天風呂で過ごした。

ベルリンのサウナ以来の、心地いいサウナを満喫した。

湯船のすぐ向こうが、広い塀に囲まれた（稲はない状態の）水田になっていて、不思議な開放感を楽しめる。

水面をアメンボがスーイスーイと泳ぎ、鳥や、トンボなどの生き物たちが、すぐそこまで遊びに来る。

サウナ上がりに夕日が沈むのを見て、誰もいない湯船でぼーっとしていたら、今度は遠くの空に花火が上がってラッキーだった。

どうやら、本来8月に大々的にあげる花火を、今年もコロナ禍でできないため、毎晩、数発ずつあげるようにしているのだという。

それから星がたくさん現れ、また誰もいなくなると、こっそり湯船で泳いだり、ヨガをしたり、瞑想をしたり。

カエルの声をあんなに近くで耳にするのも、久しぶりだった。

たった一匹の小さなカエルのはずなのに、その声量は凄まじく、バリトンのオペラ歌手のよう。

完全にサウナスイッチが入ってしまい、サウナ↓水風呂↓風干し↓温泉↓またサウナ、の循環から抜けられなくなってしまった。

ある一線を越えると、わたしは永遠にお風呂にいたくなってしまう。


朝は、出羽三山を見ながら、またサウナ。

台風が接近中らしく、霞《かすみ》の中に山の姿がぼんやりと浮かんでいる。

神々しい山がそびえ、その山の麓に人々の暮らしがあり、田んぼが広がる。

水田って、本当に美しい。

雨も上がって青空がのぞいているので、サクッとレンタサイクルをして、ラーメンでも食べに行ってこようかな。

本がたくさんある宿なので、こもっていても少しも飽きることがないのがいい。

川の水で桃を冷やす

8月1日

出羽三山の旅、最終日。

宿の朝ご飯の半分を曲げわっぱに詰め込んで、月山山麓に広がるブナの原生林へ。

ブナの森って、そこにいるだけで気持ちが軽くなる。

葉っぱの色が明るいから?

週末なのに、森にはほとんど人がいなくて（唯一お会いしたのは川原で手を繋いでいたゲイのカップルさんだけ）、ものすごく気持ちよかった。

月山の湧き水を探し、まずはそこでコーヒータイム。

紙コップにコーヒーフィルターを設置し、そこへ、水筒に入れて宿から持ってきたお湯を注ぐ。

アウトドア用の特別な道具なんかなくても、工夫すればなんちゃってだけど淹《い》れたてのコ

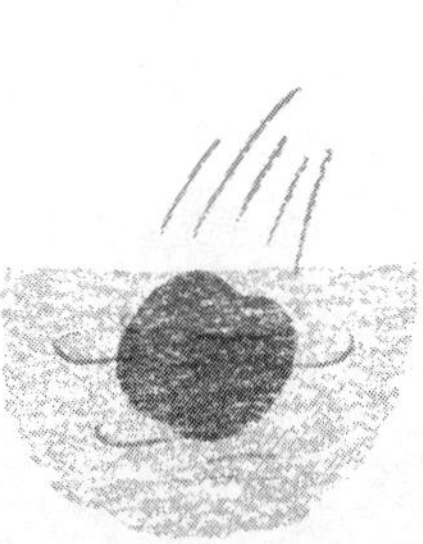

ーヒーが楽しめることに気づいたのだ。

コーヒーは、最初のホテルのショップにあった、山形の珈琲ひぐらしさんのもの。外で飲む淹れたてコーヒーの味は格別だった。

一緒に、宿でもらったお団子も頬張る。

こういうのが、一番の贅沢《ぜいたく》だなぁとしみじみ。


ブナの森を散策した後は、リフトを使って月山の九合目へ。

ここで美しい山を眺めながら、お昼をいただく。

曲げわっぱって、本当に便利だ。

最近、旅に出る時は必ずと言っていいくらい、曲げわっぱをお供に連れてきている。

壊れやすいお菓子を入れたり、果物を入れたり、色々と使えるけれど、もっとも活躍するのは朝ご飯の時。

わたしは普段、お昼近くまで食事をとらないので、どうしても、朝からもりもりは食べられない。

それで、汁物とかお弁当に詰められないものだけその場で食べて、残りは曲げわっぱにご飯やおかずを詰めて、お昼にいただくようにしているのだ。

これが大正解で、そうすることで食べ物を無駄にしなくて済むし、お昼に好きな場所でおいしいお弁当を広げることができる。

これがプラスチック製の容器やサランラップだとどうしても興醒めしてしまう。

曲げわっぱだからこそ、適度に水分も抜けるし、気分もいい。

曲げわっぱ普及委員会の会長を自称したくなるほど、もっともっと曲げわっぱが世界に広がればいいと思っている。

ひとりにひとつ、曲げわっぱがあるだけで、旅も、普段の暮らしもグンと楽しくなる。

家では、炊いて余ったご飯を入れて、おひつ代わりとしても使っている。

さて、再びリフトで下山し、宿のご主人に教えてもらった水のきれいな場所へ移動。

ここは、地元の人が行く所だそうで、教えてもらわなかったら絶対に通り過ぎてしまっていた。

道路脇に広がる、緑色に輝く別世界。

苔《こけ》むした石の間を、水が流れ落ちてきて、小さな滝のようになっている。

いつか食べようと持ち歩いていた桃を冷やして、デザートにした。

それにしても、水の冷たいこと！

10秒も足をつけていたら、ジンジンと体が痺《しび》れてくる。

そして、もっと驚いたのは、そのお味。

わたしは、こんなに美味しい水を飲んだ記憶がない。

まさしく月山の自然水で、嫌な感じが全くなく、スーッと心地のよい風のように体に広がっていく。

身体中の細胞が目覚め、命がよみがえるような水だった。

桃は、皮のまま、がぶりと丸かじりした。

こちらもまた、素晴らしく美味しい。

ちょうど良い冷え具合で、熟れ具合も最高で、この上ないほどの極上の味だった。

川の水で桃を冷やす。

これ、自分の中で二十四節気のひとつにしたい。


丸五日、山形を満喫した。

途中、いちばん大事な時に、登山靴のゴムの靴底がベロッと剝がれ、かなり冷や汗をかいたのだけど、なんとかそこにあるもので急場を凌《しの》ぐことができた。

確か、富士山へ登る時に買った靴だから、かれこれ15年近くのお付き合いになる。

防水がしっかりしていて、靴紐《ひも》ではなくダイヤルを回すとワイヤーが開いたり閉まったりするのがとても便利で、海外に行く時も、かなりの確率でお世話になっていた。

雨の日は長靴代わりに履くこともあったし、歩きやすいから、どこに行くのも一緒だった。

でもまさか、このタイミングでこうなるとは！

山登りの前日の夕方、まずは右足の方の靴底が剝がれたのだけど、すぐに店に行けるような環境ではない。

コンビニで接着剤を買って貼り付けようかと思ったけど、コンビニなんてどこにもないのだ。

もう山登りは諦めようかと思ったものの、ふと、無農薬でのリンゴの栽培に成功した木村秋則さんの言葉を思い出し、なんとか工夫できないかと知恵を絞る。

それで、宿に唯一あったビニール紐で爪先をくくることを思いついたのだ。

途中で切れるかもしれないと、予備の紐をもらって大正解だった。

登山開始早々、右だけでなく左もつま先のゴム底がパカパカになり、予備の紐が早速役に立った。

工夫をするって、ホントに大事。

諦めたら、そこで終わりになってしまう。
おかげさまで、山形で、最高に素晴らしい時間を過ごせた。

Less is More　8月11日

ただ今、安曇野《あずみの》の山にこもっている。

めちゃくちゃ山の中というわけではないけれど、視野の半分以上は常に緑が占めて、それだけでとても気持ちが良くなる。

木が多いから、蟬もたくさん鳴いている。

食事は一日2回で、玄米菜食だ。

これがまた、すこぶる美味しい。

時間も、朝の10時半と夕方の5時半で、普段の食事スタイルとそうそう変わらないから、わたしにはとてもありがたい。

パッと見ると、量が少ないように感じるのだけど、実際に食べてみると、この量で十分だということがよくわかる。

玄米なので、とにかく、よく嚙む。

同じ玄米でも、日によって、ナッツが入れてあったり、梅干しや海苔が炊き込んであったりと、表情が七変化する。

おかずも、おからのトマト和えとか、かぼちゃとゴボウをカレー風味にしたのとか、自分だったら絶対に発想しないような斬新なものばかり。

手をかえ品をかえ出してくれるので、全然飽きない。

毎日、献立を考えるリーダー的な人が当番制で変わるので、それも飽きない理由のような気がする。

スタッフは、みんな若い子たちだ。

先日閉幕したオリンピックでも、10代の子たちのみずみずしい活躍がまぶしかった。

あの子たちは、全く新しい世代という気がする。

国家だの故郷だの、そういう余計なものを背負ったりせず、ただただそのスポーツをしていて楽しいからやっている。

ここで料理を作っている若い子たちも、楽しんで作っている様子が伝わってくる。

そういう新しい価値観の子たちがどんどん前に出てきて、世の中を爽やかに変えていってほしい。

全体的には、そういう方向に動き出しているのを感じる。

先日、Less is More という表現に出会った。

少ない方が、より豊かである、みたいなニュアンスだろうか。

足るを知る、とも近いかと。

わたしたちは今、本当に分岐点にいると思う。

地球温暖化の問題もそうだし、食料の問題もそう。

豊かな国で食べ物があり余って大量に破棄している一方で、今日食べるものにも困っている人たちがたくさんいる。

そして空腹が、争いをもたらす。

本当に、今すぐその問題を一人一人が自覚して、すぐに行動を起こさないと、悲惨なことになる。

美味しいものを食べるのは幸せなことだけれど、食べ過ぎはよくないな、と自分自身の食生活を振り返って、そう思った。

先進国の人々が口にする肉の量を減らすだけで、それらの動物が食べていた飼料となる穀物を、人が食べる分に回すことができる。

いきなり肉の量をゼロにするのは難しくても、少しずつ減らしていくのは、可能なはず。

わたしも、もともとそんなにお肉やお魚を食べる方ではないけれど、それでも、その割合をもっと減らしていこうと思っている。

目標は、腹七分目。

よく嚙んで、野菜たちと対話し、感謝していただく。

それだけで、満たされ方が随分と違ってくる。

丁寧に支度をしてくれている姿を見ているから、余計、味わっていただこうという気持ちになる。

それが、よき循環を生んで、世の中に広がっていけばいい。

わたしが今危惧しているのは、コロナのことだ。

この先、ワクチンを打った人と打たない人が真っ二つに対立し、地球規模の分断が起きるんじゃないかと。

それが今、すごく怖い。

先日、ふと、もしかしてわたしが生きている間は、もうマスクを手放せないんじゃないかと、そんな未来を想像してゾッとした。

このまま温暖化が進んで永久凍土がどんどん溶け出すと、そこから未知のウイルスが出てくるという話もある。

わたし自身は、コロナに対抗するのにもっとも有効的な方法は、免疫力を高めることだと思っている。

だから、滋養のある食生活をし、ストレスを溜めず、しっかりと睡眠をとることを心がけている。

今日は朝、森の中で瞑想《めいそう》をした。

最高に気持ちよかった。

原生林へ

8月18日

もう何日も前の出来事なのに、いまだにあの美しさが忘れられない。

有明山の表参道登山口に広がる、原生林へ行った時のこと。

巨大な石には苔がむして、触るとまるで獣の毛を撫《な》でているみたいにフカフカする。

あったかくて、しっとりと湿っていて、なんだか、鼓動まで感じそうな生命力だった。

朽ちた木、そこから芽を出すひこばえ、すでに朽ちかけているのに、根元が空洞になりながらも踏ん張っている達者な木。

一切の抵抗をせず、とにかく、なすがままの状態の森が、最高に輝いて見える。

共存共栄の、完璧な世界だと感じた。

自分だけたくさん水を吸おうなんて欲張りな木はないし、必要な分だけを吸収している。

大きな岩は、まるでそこが地球の縮図のように数多くの植物を育む土壌になって、新しい

命が芽吹くベッドだった。

そして、水。

岩や土の表面から水が湧き、川となって流れてくる。

こういう場所に身を置くと、山が水瓶《みずがめ》だというのを、本当に肌で実感する。

とにかく、最近のわたしは、きれいな水のそばにいるだけで、こころが満たされ、生きている喜びを感じられるようになった。

都会にいると人はどうしても傲慢になってしまうけれど、こういう自然の中に身を置くと、それがいかに間違った態度かがよくわかる。

人はもっともっと、謙虚にならなくちゃいけないなぁ。

魂が水でできているっていうのは、あながち間違っていないのかもしれない。

わたしの外の水と中の水が共鳴し、ひとつになるのを感じた。

美しいというのは、こういう世界を言うのだと思う。

思い、言葉、行動

8月31日

今日で8月もおしまい。

近所の鶏さんも夏バテしているのか、卵を買ったら小さいのが結構目立つ。

今年も暑かったからなぁ。

でも、小さい卵は小さいなりに殻が頑丈で、ずっしりとした重みがある。

今読んでいる本に、思いと言葉と行動を一致させることがとても大事だとあって、ハッとした。

確かに、そうだ。

その三つの流れが滞ることで、ストレスが生まれる。

こう思っているけど、実際にはそれと反する行動を取ってみたり。

あんなことを言っておきながら、実際にはそうじゃない行動をしていたり。人間だから、なかなかその三つをスーッと一直線に繋げることは難しいのかもしれないけれど、その三つは極力まっすぐでありたいな、と思う。

そういう生き方が、「素直」ってことなんだろう、と。


今日は、夏の間がんばってくれた台所の床を重曹で水拭きし、お疲れを労《ねぎら》った。

気持ちちょっと早いけれど、8月のカレンダーも9月に貼り替え、秋をお出迎え。

先日の強い雨で窓ガラスが悲惨なことになり、窓拭きをしたいところだけど、またまとまった雨が降りそうなので、窓拭きはお預けにした。

秋、冬、春、夏。

わたしはこの順番で季節が肌に合うので、秋は大歓迎だ。

早く涼しい風が吹きますように!

秋刀魚と銭湯　9月12日

朝、ヨガに行こうと自転車に乗っていたら、どこからか甘い匂いがする。香りの出どころは、金木犀《きんもくせい》だ。

金木犀が、ふわふわと秋を運んでくる。

コロナ下の生活スタイルになって、もしかするともっとも頻繁に会っている外の人は、ヨガの先生かもしれない。

雨さえザーザーでなければ可能な限り行っているので、去年の夏くらいから、結構な頻度でお会いしている。

先週は多くて生徒が3人だったけど、今週はわたし一人だった。

先生とは、かれこれ15年、いや下手すると20年近くのおつきあいになるが、その間、毎週末、同じポーズを同じ言葉で説明してくれて、それって本当に偉大なことだなぁ、と思う。

られている。

ベルリンにいた時とか、数年間、足が遠のいた時期もあったけど、ヨガには、かなり助けられている。

ヨガの帰りに商店街のお店をハシゴして買い物を済ませるのだが、昨日は魚屋さんに秋刀《さん》魚《ま》があった。

去年は秋刀魚が高くて高くて、しかもすごく小さかった。

それに較べると、大きさもそこそこあって、一尾350円は、まぁ安い。

冷蔵庫に大根が少し残っていたしなぁ、なんて思いながら、ウキウキした気分で秋刀魚を連れて帰った。

平日は銭湯へ行き、週末はヨガ。

このふたつで、なんとかわたしの健康は保たれている。

最近、銭湯でポツポツと言葉を交わすようになった女性がいる。

いつも同じ時間帯に通っているので以前から顔と体は存じ上げていたのだけど、人見知りゆえ、言葉を交わしたことはなく、いつも、彼女が誰かと話しているのを、ふんふん、と一方的に背中で聞くだけの関係だった。

彼女は70代前半で、以前どんなお仕事をされていたかも、どんな考え方の人かもなんとなく知っているし、博識で読書家であることも承知している。

そのままの関係を続けてもよかったのだけど、こんなに毎日顔を合わせているのだし、と露天風呂でふたりきりになった時、わたしの方から声をかけたのだった。

「急に秋になりましたねぇ」とか、なんとか。

彼女は、23歳の時に盲腸の手術をして以来、50年間、一度も保険証を使ったことがないという。

その日はたまたまよく来る常連さん4人が、ちょうど外のお風呂に揃っていた。

一応、ソーシャルディスタンスを意識して、長方形の湯船の四隅に、それぞれひとりずつお風呂に入っていた。

「健康の秘訣はなんですか？」と別の常連さんが尋ねると、

「まずは、早寝早起き。それと、旬の野菜をたくさん食べること。あと、人の悪口は絶対に言わない」

なるほどねぇ、とわたしを含む他の常連3人が、うんうんと頷く。

おそらく鍵は最後の、人の悪口は絶対に言わない、なんだろうな、と思った。

前のふたつは、まぁまぁ実行できることだから。

わたしも、滅多に病院に行くことはないけれど、流石に年に1回くらいは、保険証を使っている。

人生の大先輩の言葉だけに、ずっしりとした重みがあった。

そうそう、お風呂で気になっていることと言えば……。

最近、若い子が、結構な確率で、下の毛をツルツルにしている。

ドイツでは、男性も女性もそれが当たり前になっていたけど、なんか、この夏で急にツルツルを目にすることが多くなった。

こういうことも、家のお風呂に入っているだけじゃ、わからなかったことだ。

いつかこの話題を小説に取り入れたいと、虎視《こし》眈々《たんたん》と狙っているのだが、まだその機運はやって来ない。

銭湯に行くと、いろんな発見があって面白い。

あと10日ほどで、中秋の明月だ。

北海道から大きなかぼちゃがゴロンと1個届いたので、かぼちゃのプリンを作ったら、満月みたいになった。

見本誌として届いた最新号の『七緒』に載っていた、野村友里さんのレシピで作った。料理上手なお母様から受け継いだ作り方だという。

裏漉《うらご》しもせず、材料もシンプルで、すごく簡単にできるのに、すっごく美味しい。同じ号で、わたしもエッセイを書かせていただいている。


今月、ようやくお茶のお稽古の見学に行けると楽しみにしていたのに、コロナで中止になった。

いつになったら、気兼ねなくマスクなしで外を歩けるようになるのかな。

銭湯で知り合った例の70代の彼女によると、こういう状況はあと4、5年続くって、とのこと。

そうかもしれないなー、とわたしも思った。

元に戻ることを期待するのではなく、この状況に合わせて自分の生活スタイルを変える方が、効率的なのかもしれない。

すでに、新しい時代が始まっている。

地鎮祭　9月22日

大安の日が良いとのことで、今日、地鎮祭を行った。

軽い気持ちで八ヶ岳にある中古の集合住宅を見に行ったのが去年の晩秋、それが一転、土地を買うこととなり、車の免許を取りに教習所へ通い、その間設計士さんとどんな建物を建てるのかを打ち合わせし、何度も見積もりを出してもらい、そして今日という日を迎えたのだった。

まさか、自分が「施主」になるとは思っていなかったけど。

人生、何が起こるか本当にわからない。

一年前の今頃だって、一年後、こういう展開になっているとは、全く予想していなかった。

全て、風に背中をそーっと押され、気がついたらこうなっていた、って感じ。

久しぶりに自分の土地を見たけれど、やっぱり、なんかいい気が流れている気がする。

とにかく巨大な石がゴロンゴロン転がっていて、それゆえにお値段が安かった。

他の人にとっては邪魔者扱いの石でも、わたしには宝石のように見えたのだ。

パワースポットとは自分にとって気持ちのいい場所のことだ、とある人が言っていたけれど、それだったら八ヶ岳のその土地は、まさにわたしにとってのパワースポットだ。

パワースポットは、自分で探すもの。

山小屋を建てる過程については、『すてきにハンドメイド』という雑誌に連載中の「寄り道だらけの山小屋日記」に詳しく書いているのであんまりここでは詳しく書かないつもりでいたけど、この山小屋は基本的にわたしの仕事部屋である。

周りには大きくて立派な別荘が建っているけれど、わたしの山小屋は、すごく小さい。

自分ひとりのための空間で、わたしがわたしと居心地よく過ごすためにどうしたらいいか、というのを念頭に設計をお願いした。

イメージとしては、着慣れたカシミアのセーターに身を包まれているような、そんな空間にしたい。

標高が1600メートルの土地だから、特に寒さ対策に重点を置いた。

マンションの場合、構造的な部分にまでは踏み込めないけれど、一から建物を建てる場合、基礎をどうするか、そこからのスタートだ。

リフォームとかリノベーションとは、わけが違う。

日本の家は、平均すると30年の寿命だという。

これは、ヨーロッパなんかに較べて、かなり短い。

だから、これから建てるわたしの山小屋は、使い捨てのように簡単に建てて簡単に壊すのではなく、頑丈で、長く使える建物にしたいと思っている。

断熱材にしろ、床板にしろ、キッチンのタイルにしろ、薪《まき》ストーブにしろ、全てが選択の連続だった。

もちろん、予算という大きな壁もある。

そういう制約の中で、自分にとってベストなものを選ぶというのは、とても難しいと痛感した。

こちらもよっぽどちゃんと勉強をし、理解しないと話についていけない。

そして、どんなにすてきな設計図ができても、それを具現化するのは大工さんだ。

たとえ同じ設計図に基づいて作っても、どんな大工さんが手がけるかで、雲泥の差が生まれる。

幸いなことに、長野には腕のいい大工さんがたくさんいるのだという。

今日は、神棚に供物を捧げ、神主さんにお祓《はら》いをしてもらって、祝詞《のりと》をあげてもらい、工事がつつがなく進行することを祈った。

この世界にあるものは全てが、人間の意識を物質化したものだ、と言うけれど、建築の過程を見ていて、そのことを強く実感した。

何もない場所に、建物が建つって、本当に本当にすごいことだ。


ちなみにわたしは、「持ち家」派だ。

周りの人にも、家を買うのを勧めている。

単純に家賃という形でお金が流れていくのはもったいないし、持ち家だったら、家賃を貯金するイメージで、それを貯めて、自分の財産にすることができる。

何より、家を持っていることの安心感は、大きいような気がする。

そして、寝具にせよ住まいにせよ、どうせいつか買うのだったら、早い方がいいというのが持論だ。

20代で買っても、30代で買っても、40代で買っても、人生の終わりは一緒なのだから、それだったら早いうちに手にした方が、そのものと長く付き合え、気持ちよく暮らしたり生きたりする時間を長く持つことができる。

特に家は、住宅ローンの利子が安いのだから、人生の早いうちに自分の気に入る住処《すみか》を作って、なるべく長くそこに住む方がお得な気がする。

あくまでも、わたしの持論だけれど。

今日という日　10月4日

朝5時くらいに目が覚めて、お布団の中でゆりねとイチャイチャ。

6時前に起き出して、お湯を沸かし、お茶を飲む。

今飲んでいるのは、三年番茶。

仏様に手を合わせ、ゆりねに手作りごはんをあげ、ヨガ（太陽礼拝）をする。

天気予報を見たら今日も気温が高くなりそうだったので、朝のうちにゆりねのお散歩に行ってしまおうとハーネスをつける。

今日のコースは、街歩き（他に、公園に行く森歩きコースも）。

集合住宅の前の児童公園で、ユリゴンが炸裂する。

仕方がないので、リードを離して暴れさせる。

家に戻ってから、新聞を読む。

朝8時から仕事スタート。
新しい小説を書いている。
午前11時、仕事終了。
朝昼ごはんを食べる。
今日は、チャーハン。
食後は、コーヒーと焼き菓子をいただく。
バタンと昼寝。
午後は、石鹼作り。
今日で、4つ目だ。
秋は、石鹼作りにも味噌作りにもいい季節。
この秋作っているのは、蜂蜜石鹼。
いい香りがする。
その後、讀賣新聞の夕刊に連載中のエッセイを、5本まとめて担当編集者へ。
もう一つ、別の雑誌から依頼のあった贈り物リストもメールする。
夕方4時くらいから、夕飯のおかずを用意。
近所の畑で採れたゴーヤがあったので、ゴーヤのひじき炒めを作る。

洗濯物を取り入れて、たたみ、午後4時45分にお風呂へゴー。

今日も温泉に入れて最高だわぁ、としみじみありがたく思いながら、お湯に浸かる。

それにしても、日が暮れるのが早くなった。

今日は、夕方5時半に露天風呂に行ったら、もう外が薄暗くなっている。

6時に自転車で帰路につく頃には、真っ暗だった。

まだうっすらと、金木犀の香りがするけど、そろそろおしまいかもしれない。

家に帰って、ビールを飲む。

最近気に入っているのは、東京の福生《ふっさ》市にある石川酒造で作っているTOKYO BLUES。

これはもう、ドイツのビールとなんら変わらない。

おかずは、お風呂に行く前に作っておいたゴーヤのひじき炒めと、鰤《ぶり》の西京漬け、山形から届いた原木なめこの冷たいお蕎麦。

あー、幸せ。

ゆりねも、大好物のお蕎麦をもらってご満悦だった。

最近、目まぐるしく毎日が過ぎていき、気がつくとあっという間に時間が経っていてびっくりする。

朝のひかり　10月19日

夜更かしをして少し朝寝坊して起きたら、部屋いっぱいに朝のひかりが満ちていた。

季節が、スイッチを切り替えるように、はっきりと冬になったのを感じる。

最近は、気持ちのいい秋と春の時間が短くなって、寒い「秋・冬」か暑い「春・夏」のどちらかに大別される。

それで言うと、季節は昨日から冬。

今日なんか、わたしは寒くてセーターを着ている。

衣替えだ。

室内履きはブーツになり、ぼちぼち毛糸のパンツの出番である。

帽子も、夏用から冬用に入れ替え、布団も綿布団とカシミアの毛布の二枚重ねになった。

これから寒くなるにつれて布団の枚数を増やしていき、一番寒い時期で、わたしは四枚の

お布団やら毛布やらをミルフィーユ仕立てにして冬を乗り切る。

寒くなると、ゆりねが布団の中に入ってくるので、湯たんぽ代わりになるのも嬉しい。

夏が終わって、わたしは俄然《がぜん》、ウキウキしてきた。

思い出すのは、ベルリンの晩秋だ。

黄色く色づく街路樹から、一枚、また一枚と葉っぱが落ちて、完全に裸木になる頃、冬至がやってくる。

確かに寒くて暗いのだけど、ワクワクしながら太陽が昇るのを待って、目一杯お日様の光を浴びる。

夜が長くなるから、夕方からホットワインを飲んだりして。

今年の冬は、きっとクリスマスマーケットもいつもの姿に戻るのかもしれない。

長い冬をなんとか乗り切るため、家に蠟燭《ろうそく》を灯して部屋を明るくしたり、赤などの明るい色の服を着て気持ちを明るくしたり、クリスマスで楽しい時間を味わったり、冬には冬の喜びがある。

それからすると、ピカピカの青空が続く東京の冬は、なんだか物足りない。

年に一回、全てのものがきちんと死ぬ、そして再び再生するベルリンの冬の方が、わたしにはしっくりくる。

一回、ちゃんと死んで、そこから復活を果たしてこそ、メリハリができていいような気がするのだ。

あぁ、なんだかベルリンの冬が恋しくなってきた。

そして秋は、手作りの季節でもある。

石鹸はおよそ半年から一年は困らない量を作ったので、次は味噌作りだ。

石鹸作りも味噌作りも、どこか似ている。

作るのは簡単だし、あとは寝かせておくだけ。

その日の天候が出来に大きく作用するし、同じ材料で同じ手順で作っても、毎回、違う顔になるのも面白いところ。


今日は、大阪屋さんから生の麹が届いた。

ようやくいい生麹に出会えてホッとしている。


そしてそして、いよいよ始まりますね、衆議院選挙。

とにかく、投票しましょう！！！

投票しないということは、自分たちの暮らしを丸投げするということ。

投票率が低いというのは本当に本当に恥ずべき事実で、だって入れる政党がないんだもん、なんてのうのうと棄権している場合ではない。

政治に文句を言うなら、まずは一票を投じてからだ。

小学生の時の担任の先生の話で、印象に残っているものがある。

ある村でお祭りがあるので、村人は一人一合のお酒を出すことになった。

けれど、蓋を開けてみると、集まったのはお酒ではなく水だった。

自分くらい水を持っていってもバレないだろうとみんなが考えた結果、水になってしまったのである。

詳細は違うかもしれないけれど、大筋はこんな話だった。

確かに、全体から見たら一人の一票は些細《ささい》な力に過ぎないかもしれない。

けれど、それが集積して、全体を動かす力になる。

どうせ自分が投票しようがしまいが結果は同じ、なんてわかったような顔をして投票しないのは、愚かな行為だとわたしは思う。

もし、今のままでいいと思うなら与党に入れればいいし、そうじゃないと思うなら別の党に入れればいいし、とにかく、話は一票を投じてから。

投票率は、民度に直結している。

おすすめは、期日前投票だ。

当日雨で行けなかったとか、急な用事ができて行けなかったなどという不測の事態が起きても一票を無駄にしなくて済むよう、その前に投票を済ませておく。

期日前の方が並ばなくていいし、場所もわたしの場合、当日の投票所よりも近いので、わたしは断然、期日前投票派だ。

それに、投票日までに自分が死んでしまうことだってありえるので、事前に投票をしておけば、一票を無駄にすることがなく、悔いも残らない。

なんとなく、最近の傾向として、まるで政治家が国民のために自分のポケットマネーを恵んでやっているみたいな顔をして威張っているけれど、もともとわたしたち国民が汗水垂らして稼いだお金を戻してもらっているだけで、政治家の雇用主はわたしたちだ。

政治家の不祥事が明るみに出るたび、なんでこんな人が国会議員になんかなれたんだろう、と不思議に思うけれど、誰かが票を入れた結果でそうなっている。

そのことを肝に銘じて、誰に、どの党に投票するかを吟味する必要がある。

日本の、特に若い人たちは、主権者意識が乏しいと言われている。

投票をしたって、どうせ変わらないという諦めムードになっているけれど、そういう気持ちにさせられてしまっているのも政治のせい（教育）だし、投票をしなければ変えることはできない。

だから、とにかく何がなんでも、一票を投じましょう！

全ては、そこから始まりますから。


追記。

期日前投票は、公示日の翌日から選挙の日の前日まで可能となっている。

ということは、本来なら明日から期日前投票が可能なはずだけれど、まだ必要な書類が手元に届いていない。

今回、異例の速さで選挙を行うからだ。

そして、選挙日はハロウィンで、それどころではないという人も多いかもしれない。

だから尚更、選挙に行ってほしい。

在外投票も、どうなるのだろう？

間に合うのか、わたしはものすごーく心配している。

「若者の投票率が低いのは悪いことじゃねぇ。つまり、それだけ満足してるってことじゃねぇかな」と発言したのはどこの誰だっけ？

ドーナツの穴の存在理由について

10月22日

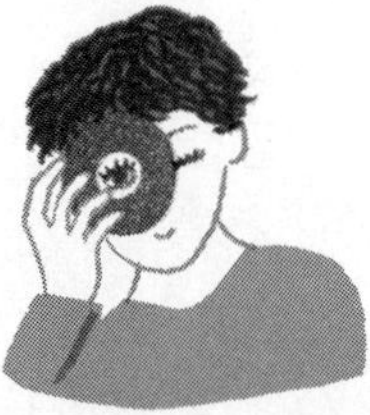

寒い朝。

迷わず、毛糸のパンツを穿く。

カシミアの、お腹まですっぽりと覆ってくれる赤いパンツは、冬の必須アイテム。

これがあるとないとでは、暖かさが全然違う。

穿いている姿を、絶対に人には見せられないけど。

最近わたしは、木曜日の夕方くらいから、メールの結びに「良い週末を！」などと書くようになった。

金曜日の午後から週末扱いしていたのが、少しずつ早まって、木曜日の夕方くらいから、なんとなく週末気分になってくる。

今日は寒いし雨も降っているので、絶好のおこもり日和だ。

出かけようと思っていたのを取りやめて、家でせっせと味噌を仕込む。

前回5月に仕込んでおいた味噌が、半年ほどでかなり熟成した。

味見したら、なかなかいい感じ。

早速、味噌壺に移す。

今日仕込んだのはこんなだから、時間って最大の調味料だなぁ、と改めて感心する。

また、美味しい手前味噌ができますように！


ここ数日、ドーナツが食べたくてムラムラしていたので、味噌の後はドーナツを作った。

カルダモン入りのフィンランド風ドーナツ。

実は今もドーナツを揚げながらこの文章を書いているので、集中しすぎてドーナツのことを忘れないように気をつけないといけない。

今日、すごく腑に落ちたことが一つある。

最初、わたしは丸っこいボール状にして生地を揚げていた。

コロンとして、その方が揚げやすいだろうと思ったのだ。

ただ、見た目はかわいいのだけど、実際に食べてみると、中心部にまだ熱が通りきっていない。

食べられないほどではないけれど、もう少ししっかり熱を入れた方が明らかに美味しい。

そこでわかったこと。

つまり、ドーナツに穴が開いているのは、単なるファッションではなく、火の通りをよくするため、というちゃんとした理由があったのだ。

これは、わたしの中ではめちゃくちゃ大きな発見だった。

まさしく、目から鱗が落ちるような。

中心をなくしてしまえば、中心まで火を通す必要もなくなるわけで。

今日は、ドーナツの穴の存在理由について理解した、記念すべき日になった。

ということで、以降、真ん中に指で穴を開けて揚げた。

めでたし、めでたし。


お茶は、烏龍茶《ウーロン》を。

揚げたてのドーナツとの相性が、すこぶる良い。

マッチングアプリ

10月26日

ドイツでは、マッチングアプリで出会って、付き合ったり結婚したりする男女が多いという話は以前から聞いていた。

同じヨーロッパの人間でも、ラテン系でない彼らは、気軽にナンパしたりという習慣がなく、出会いの場が少ないという。

それで、マッチングアプリのお世話になる。

確かに、効率的だと思う。

いろんな条件をあらかじめ提示して、それに見合った相手が多くの選択肢の中から浮かび上がってくる。

実際の出会いを待っていたのでは出会えない相手と、出会うことができる。

もちろん、偶然の出会いとかも素敵だけれど、まぁ、それはそれでアリなんじゃないかと思っている。

最近、わたしもマッチングアプリを使ってみた。

相手は、政党だけど。

自分では、この党の考え方と合うんじゃないか、というのはあるけれど、もしかしたらもっと別の党の方がより自分の考え方と近いかもしれない。

それで、期日前投票を済ませる前に、念のため、マッチングアプリで確かめてみたのだ。

結果は、まぁ自分が入れようと思っていたところが、もっともマッチ度が高い結果として出たけど。

これ、なかなかおすすめです。

まだどの政党に入れようか迷っている無党派層の人は、特に、一度やってみると面白いかもしれません。

意外な結果が出るかもしれず、これまで気づいていなかった側面に気づけるチャンスかも。

もうすでにあるのかもしれないけど、車のマッチングアプリとか、冷蔵庫とか洗濯機とか、あなたにはどこのなんていう商品がおすすめですよ、というのを提示してくれるアプリがあったらいいな。

必要な機能とか、値段とか、大きさとか、そういう個々の条件の中から最適な一つを選ぶのは、わたしよりもむしろコンピューターの方が得意な気がする。

鵜呑《うの》みにしなくても、参考にはなる。


さて、次の衆議院選挙。

わたしは昨日、無事に一票を投じてきた。

後は結果を待つのみ。

日曜日は、夜更かしして、選挙速報を楽しもう。

実は、今回の選挙では、山形の選挙区から、わたしの高校のクラスメイトが立候補している。

勝って欲しいけど。

彼は、高校生の時から志が高くて、将来は政治家になって、総理大臣を目指すと公言していた記憶がある。

頑張れよ!!!

そういえば、昨日かな？　またまたあの方から、びっくりなご発言があった。

「昔、北海道のコメは『やっかいどう米』と言うほどだったが、今はやたらうまいコメを作るようになった。農家のおかげか、違う。温度が上がったからだ。温暖化というと悪いことしか書いてないが、いいことがある」

この方、どれだけ日本の恥を世界に晒してくれれば気が済むのだろう。

おめでたいにも、程がある。

世界中で、どれだけの人が温暖化の影響で苦しい思いをしているのか。世界から見たら、どれだけ稚拙な発言か。

その辺の居酒屋で酔っ払いのおじいさんが管を巻いているのとは訳が違うのだ。

こういう方には、自分が住んでいる集合住宅の理事長にすらなってほしくないというのが、正直なところ。

いい加減にしてください。

そして、わたしたちができることは、選挙で一票を投じること。


今日、小室圭さんと眞子さんが、結婚したという。

皇室を離れた瞬間、敬称が「さま」から「さん」に変わるんだなぁ。

大体、親のトラブルに関して、どこまで子どもに責任があるのか、そもそもそこから議論した方がいい気がする。

きっと、眞子さんは異国の地で、今までに感じたことがないような「自由」を感じるのだろうなぁ。

幸せになる自由も不幸せになる自由も、喜ぶ自由も傷つく自由も、全ては自分の手のひらの中にある。

それが、本来の姿だとわたしは思っている。

今読んでいる、幡野広志さんの『なんで僕に聞くんだろう。』って本がすごくいい。

オススメです。

いけしゃあしゃあ　11月1日

佐野洋子さんのエッセイ集『今日でなくてもいい』を読んでいる。

絵本『100万回生きたねこ』の佐野洋子さんであり、詩人の谷川俊太郎さんと結婚し、その後離婚した佐野洋子さんだ。

谷川さんが詩を書いて、佐野さんが絵を描いた共著『女に』は、生々しくて、すごく好き。たまにページをめくっては、ふたりの関係に想像を巡らせている。

でも、佐野さんについて知っているのはそれくらいで、ちゃんとエッセイ集を読むのは初めてだ。

裸で生きている感じが、すごい。

伊藤比呂美さんの『道行きや』を読んだ時に感じた「剝き出しの魂で生きていることの凄《すご》み」みたいなのを、佐野さんの言葉からもビシバシ感じた。

ご本人も「私が愛する人は皆」というエッセイで、

「私はいかなる思想も信じないことにした。目の前で見たもの、さわったものだけがたしかだとしか思えなくなった」

と書いていらっしゃるけど、それを徹底して生き抜いた気がする。

佐野さんのお父様が夕食の際の訓示で何百回もおっしゃったという、

「活字は信じるな、人間は活字になると人の話より信用するからだ」

という言葉も重みがある。

なんと、佐野さんはベルリン造形大学でリトグラフを学んだそうだ。

１９６７年とあるから、壁が開くずっと前の、西と東にベルリンが分かれていた頃をその目で見ていることになる。

わたしとはまた違った風景を、たくさんたくさん目にして、そこから多くを感じ取られたのだろう。

好きだったのは、佐野さんが病院に行って、癌の再発を告げられた日のエピソードだ。

帰り道、佐野さんは家の近所の車屋さんに寄ったという。

佐野さんは国粋主義者で、それまで外車には乗らなかったし、「中古の外車を買う奴が一番嫌だった」と書いている。

ところが、その時に佐野さんが立ち寄ったのは外車を扱う店で、佐野さんはイングリッシユグリーンのジャガーを指さして、「それ下さい」と言って買ったそうだ。

かっこいいなぁ。

実は佐野さん、イングリッシュグリーンのジャガーが、内心では一番美しいと思っていたそうなのだ。

「私の最後の物欲だった。」とある。

そういう、ちょっと破天荒なことをさらっとやる人に、わたしは憧れてしまうのかもしれない。

もう人生のゴールが見えているのなら、人生の最後の最後くらい、ジャガーに乗ってもいいじゃないか、とわたしも思う。

自分も、人生のお終《しま》いまで、パンクな精神を忘れずにいたいと思った。

イングリッシュグリーンというのがどういう色かわからなくて調べたら、まぁ！　見た瞬間にため息が出た。

確かに、上品で美しい色をしている。

癌が再発したのは、左の太ももの付け根で、左足は痛くても、右足を使えば自分で運転できる。

再発してもタバコをやめなかった佐野さんは、禁煙になったタクシーに乗るのをやめ、自分の運転するジャガーでタバコを吸い続けた。

「おまけにタクシー代が節約できた。」とある。

佐野さんは、72歳で亡くなる結構ギリギリまで、エッセイを書いている。

それが、すごく励みというか、参考になる。

最後のエッセイの最後の行に、「いけしゃーしゃー」という言葉が出てきて、なんだか久しぶりに見た気がした。

いけしゃあしゃあに、というのは、憎らしいほどに平気でいるさまのことで、なんだか佐野さんの生き様そのものの気がした。

わたしも、死ぬ間際までこの日記が書けて、実況中継ができたら本望だ。

わたしは時々、理想のおばあさん像を考える。

どんなおばあさんになりたいか、自分なりにイメージするのだが、佐野さんもひとつのモデルだ。

以前は、ターシャ・テューダーみたいになれたらなぁ、なんて夢見ていたけど、佐野洋子さんもいい。

ふたりは真逆だけどね。妖精も、意地悪ばあさんも、どっちもやりがいがありそうに思う。

佐藤愛子さんみたいに生きるのも憧れるし、篠田桃紅さんや樹木希林さんもかっこいい。

こうやって見ると、おばあさんの生き方のモデルはたくさんいるけど、はて、おじいさんのモデルは？　となると立ち止まってしまう。

生き様をさらけ出し、あっけらかんと死に際まで公にしている人。後に続く人にヒントと勇気を与えてくれるような人。

しばらくして、あ、と思い浮かんだのは伊丹十三さんだが、彼は自らの人生を自分で終わらせているし、ちょっと違うかもしれない。

伊丹さんの美意識は、すごくすごく好きだけど。

そもそも、男の人にとって「さらけ出す」というのは、ハードルが高いのかも。

それは、子どもを産む性か否かの違いも、大いに関係しているのかもしれない。

女性は、さらけ出さなければ子は産めないし、子をなす行為もできない気がする。

大学生の友人が誕生日にプレゼントしてくれたのが、『１００万回生きたねこ』だった。

久しぶりに読んでみよう。

なめこちゃん

11月8日

山形から、天然のなめこが届いた。

なめこ、大好きなのだ。

ベルリンにいた時も、乾燥なめこをちびちび使って料理していたほど。

でも今は日本にいるので、好きなだけなめこが食べられる。

そして、天然のなめこは、すんばらしく美味しい。

なんなら、松茸よりもわたしは価値があると思っている。

実は、先週の木曜日の夜中、思いっきり具合が悪くなった。

年に1回くらい、忘れた頃にやってくる強烈な腹痛。

夜中にお腹が痛くなって目が覚めるのだけど、今回は本当にひどくて、一晩中うなされ、一睡もできなかった。

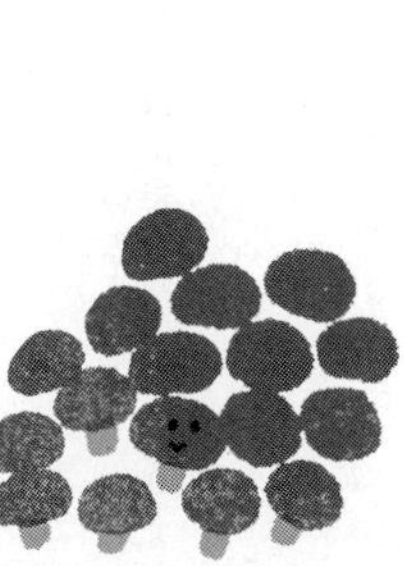

体に合わない何かが入ってしまい、それが体の冷えとか、疲れとかと重なると、とんでもないくらいお腹が痛くなる。

普段お腹は丈夫な方だと自覚しているけれど、本当にたまーに忘れた頃にやって来るのだ。

あーまたあいつがきたな、と頭ではわかるのだが、思うように体が動かせない。

おそらく、出産の時の痛みというのはあんな感じなんじゃないかと思う。

意識が朦朧《もうろう》として、自分が自分でなくなっていく。


そんなわけで、金曜日は一日中パジャマで過ごし、ベッドで横になっていた。

当然ながら銭湯にも行けず、むしゃむしゃと林檎だけかじって過ごした。

週末、カイロの予約を入れていたのでそのことを先生に話したら、触診でお腹をみながら、それは胆嚢《たんのう》が原因かもしれないという。

ずっと胃の問題かと思っていたのでびっくりした。

何か脂っこいものを食べませんでしたか？　と質問され、その日の夜に食べたのが焼きそばだったことを思い出す。

思い当たるのは豚肉だ。

古い豚の脂をなんとか消化しようとして肝臓が胆汁を大量に生産し、それを胆嚢に送ったものの、それがうまく胆嚢から出されなくて痛みが発生したと考えられるとのこと。

確かに、胆嚢の場所が激痛の発信源だった。

足の裏もみてもらうと、ズバリ胆嚢のところに硬い塊ができていた。

体が冷えていたり、アルコールを飲んだりして内臓の働きが弱っているところに消化しづらいものを食べると、今回みたいなことになってしまうのかもしれない。

もともと、お肉はそんなに食べないし、食べるとしても赤身にしていたのは、無意識のうちに体が自分の弱点を察して、防御していたのかも。

お肉の代わりに、年々、山菜やキノコが美味しいと思うようになってきた。


だから、病み上がりの体に、なめこはものすごくありがたかった。

ただ、天然物ゆえ、すぐには食べられない。

山の葉っぱや土などがついてくるので、まずはそれをきれいに洗う作業から始める。

水を取り替え取り替えしながら、1キロの天然なめこを、きれいに掃除した。

これを、鍋に入れて、練るのであるが、「練る」という表現は、山形独自のものらしい。

とにかく、水分を入れず、火にかけるのである。

そうすると、なめこからだんだんぬめりが出てくる。

気にせず、完全に火が通ってしんなりするまで練るように鍋底からかき混ぜるのだ。

最後に、私は少々の日本酒と醬油で味をつけておく。

この状態にしておくと、大根おろしで食べてもいいし、お蕎麦にのせて食べてもいい。

今夜は、なめこのショートパスタを作った。

里芋とレンコンとごぼうとニンニクを出汁で炊き、そこにカツオのなまり節も細くして入れる。

普段だったらベーコンでやるのだけど、今日はお肉を食べたくないので、なまり節を使ってみた。

そこに、ある程度茹でたショートパスタを加えて、数時間、味を馴染《なじ》ませておく。

そして、温めなおすときに、なめこをたっぷり入れた。

薬味には、芹をのせる。

あつあつに、オリーブオイルをかけていただく。

まるで、洋風すいとんのよう。

野菜からいろんな味が出て、何よりもなめこの存在感が輝いている。

体調が悪かったのが嘘みたいに、たくさん食べられた。

名付けて、健康パスタ。

なめこって、どうしてこんなに美味しいんだろう？
わたしは今、なめこの余韻に浸って恍惚《こうこつ》としている。

再び、資生堂パーラーへ　11月21日

11時50分に銀座山野楽器の楽譜売り場でララちゃんと待ち合わせ。

コロナでのびのびになっていた高校入学のお祝いランチが、ようやくようやく、実現する。

そう、あの小さかったララちゃんが、この春、高校生になったのだ。

久々に会ったララちゃん、髪の毛を青く染め、耳にはピアスを開けて、すっかりすっかり大人になっていた。

遡れば9年前。

小学校入学のお祝いに、ララちゃんとふたりで資生堂パーラーで食事をした。

地下鉄の駅のホームまでお母さんが連れてきてくれて、そこからはわたしとふたりだけ。

きっと、家族以外の人とふたりきりで出かけたのは初めてだったはず。

自分でメニューを見て、わたしが提案したお子様セットは却下し、確かハンバーグを頼ん

だんじゃなかったかな？

その頃のララちゃんはものすごく食が細かったのだけど、その時は、大人の量のハンバーグを、休み休み、小さな銀のフォークとナイフを上手に使って食べていた。

途中何度も給仕の方が来て、お皿を下げようとするたびに、ララちゃんは、ちゃんと自分で「まだ食べます」と言って、本当に最後まで残さずきれいに平らげた。

そして、あれよあれよという間に9年が経ち、ララちゃんは15歳になった。

高校合格のお祝いに何がいい？　と尋ねたら、資生堂パーラーでまた食事がしたい、とのこと。

ララちゃんの手紙やメールには、折に触れて、「また資生堂パーラー行きたいです」と書いてあって、本当に資生堂パーラーが、ララちゃんにとっては特別な場所になったようだった。

それが、わたしとしては何よりも嬉しい。

今回は、メニューを広げた瞬間、「ステーキが食べたいです！」とララちゃん。

お肉が大好きらしい。

塩釜で焼いたステーキを、ララちゃんはすごく美味しそうに食べていた。

ララちゃんは、どうしても入りたい高校があって、そこに行きたいと思ったのは、中学1年生の時だったそうだ。

その時から意志を変えず、この春、見事に合格した。

成績優秀なララちゃんにはいろんな選択肢があったのに、どうしても芸術系の高校に進みたくて、その気持ちを貫いた。

幼い頃から、ララちゃんは、絵を描いたり、何かを作ったりするのが好きだった。

そして今は、音楽の勉強をしている。

その高校が、驚くほど自由な気風で、もうララちゃんは毎日が楽しくて楽しくて仕方がないらしい。

ハロウィンの日はみんなが仮装して授業を受けたとか、理科の授業で豚の目玉の解剖をやったのだけどララちゃんは全然平気だったとか、学校にグランドピアノが50台もあるとか、学校生活のことを、本当に声を弾ませて教えてくれた。

ちゃんと自分の気持ちに従って行動し、意志を貫けるってすごいことだ。

学校の様子を聞いていると、まるでドイツの学校みたいで、自分もそういう高校で学びたかったなぁ、と羨ましくなる。

基本、みんなアーティストの卵だから、面白い仲間がたくさんいて、伸び伸びと好きなことを学んで成長している様子が眩しかった。

わたしは、久々に大好物の大人パフェが食べられて、ご満悦。

しかも、これを食べたいばっかりに、自分のコースについていたデザートをララちゃんに食べてもらって、自分は好きなデザートを選んで食べた。

大人げないかとも思ったけど、資生堂パーラーといえば、やっぱりわたしにとっては大人パフェなのだ。

この、ちょこっとの量がたまらない。

メニューには、普通に「ミニパフェ」と出ているけど、わたしの中では「大人パフェ」と呼んでいる。

普段の食事も大事だけど、こういう、非日常の特別な思い出というのもまた、大事なんじゃないかなぁ、と思う。

子ども食堂の取り組みも本当に素晴らしいと思うけど、何か、こういう機会がなかなかない子どもたちに、特別なハレの食事の記憶をプレゼントできたらいいなぁ、なんて思っている自分がいる。

食事が終わってどこか行きたいところがあったら連れてってあげるよー、なんて言ったら、逆にララちゃんの方がスマホでテキパキ乗り換えを調べたりして、結局わたしが連れて行ってもらった。

家に帰ってから、ララちゃん母さんとラインをしたのだけど、わたしの撮ったララちゃんの写真を送って欲しい、とのこと。

どうやら、普段ララちゃんが撮る自分の写真とかプリクラは、どれも物凄い加工がしてあって、もうどこの誰かもわからないレベルで別人らしい。

イマドキの子だなぁ、とおかしくなった。

ララちゃん、本当にかわいいね。

ペラペラ漫画

11月26日

3年前の今日、友人のミユスタシアが宇宙に帰還した。

そして2年前の今日は、ベルリン時代に知り合ったぴーちゃんと、ロンドンのダイワファンデーションでアーティストトークを行った。

1年前の今日は、何をしていたのか思い出せない。

多分、教習所に通っていたんじゃないだろうか？

そして今日、わたしは映画を見に行ってきた。

夕方、少し早めにゆりねに晩御飯をあげて、ひとり駅前のラーメン屋さんに入ってワンタンラーメンを食べ、電車に乗って、映画館へ。

見たのは、『アメリカン・ユートピア』。

評判通り、素晴らしい内容だった。

まさに、今日見るべき映画だ。

ミユスタシアとぴーちゃんと、3人の合言葉が「ジョイフル」だった。

きっと、ミユスタシアは遠いところから、今も絶えず、ジョイフルやで〜とわたしたちにメッセージを送ってくれている気がする。

だから、11月26日は、ジョイフルデーにしよう。

久しぶりに夜ひとりで映画を見に出かけたりして、なんだかベルリンの頃の時間が甦った気分だ。


数日前のぴーちゃんからのメールに、時間というのはあってないようなもので、ペラペラ漫画みたいに一枚ずつの絵で構成されているイメージなんじゃないかと、関西弁で書いてあった。

パラパラやなくて？？　というツッコミは脇に置いとくとして、わたしはその言葉に深く納得した。

そう、時間って絶えず流れて一連の紐のように感じるけれど、実は出来事が個別に起こってそれを繋げているだけなのかもしれない。

それにしても、関西では、ペラペラ漫画って言うのかな？

関東ではパラパラ漫画って言うけどな。
それとも、パラパラと思っているわたしの方が、間違っているのだろうか。
ミユスタシアにも、ぴーちゃんにも、会いたいな。

そういえば、最近のぴーちゃんの名言で、こんなのもあった。
友達と、動物がおったら、生きていける。
その言葉にも、わたしは深く同感する。
欲をいえば、そこに自然も加えたいけど。
つまり、友達と、動物と、自然があれば、幸せに生きていける。

人生の大きな決断をしたのも、2年前だ。
ようやく、本当にようやく、くるくる回ってばかりいた方位磁石の針が、落ち着いてひとつの方向を示すようになってきた。

伊豆大島へ

12月5日

調布空港からプロペラ機でピューッと飛んで、25分。
伊豆大島へ降り立った。
この短い空の旅が、かなり好きだ。
前回は、八丈島へ行った。
そして今回は、伊豆大島へ。
空から地上を見ると、家とか車とか、全てがおもちゃのように見える。
そんな中、富士山だけがでーんと構えていて格好良かった。
実は、小学6年生の時、卒業記念に、母と伊豆大島に来たことがある。
母と二人だけの、卒業記念旅行だった。

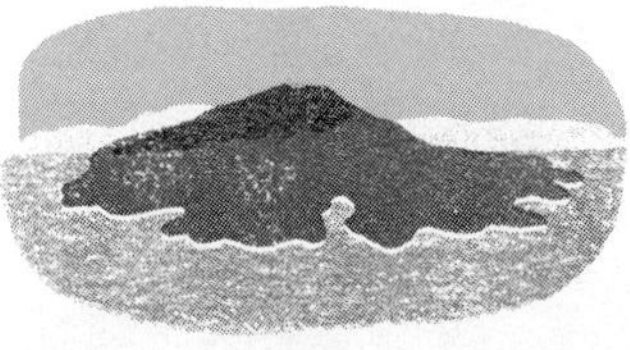

当時はジェット船なんてなかったから、船の中で一晩過ごし、朝早く、大島に着いたことは覚えている。

民宿に泊まって、朝ご飯をいただいた。

その時、椿の花の天ぷらが出て、母が興奮してたっけ。

今ふと思ったのだけど、当時の母は、今のわたしと同い年くらいだったのかもしれない。

そう思うと、なんだか不思議。


昨日は、三原山を登って、火口を見に行った。

噴火から35年が経つという。

三原山は35年から40年周期で噴火しているそうで、ということはもうそろそろ次の噴火があってもおかしくない。

その度に、大地が溶岩で覆われ、一度完全に植生がリセットされる。

ということは、わたしが母と来た時に見た景色も、その時と同じではないということだ。

はっきりと覚えているのは、わたしが馬に乗りたいと駄々をこねたこと。

当時は、三原山を馬に乗って登って降りてくる観光馬がいて、わたしはせっかく来たのだからそれに乗りたいと抗議した。

多分、いいお値段だったのだと思う。

母はそれに乗せたがらなかったが、最終的には母が折れ、結局わたしだけが、馬に乗ることになった。

母は麓で待っていることになり、わたしは母と、やや険悪なムードで別れた。

けれど、その乗馬がものすごく怖かったのだ。

おじさんが手綱を引いて山を登っていくのだが、かなり急な斜面で、馬もよろけそうになる。

わたしは必死に馬の背中にしがみついていたが、内心、早く下りたくて下りたくて仕方がなかった。

荒涼とした砂漠のような山を、馬が転びそうになりながら黙々と登っていくのである。

わたしは何も楽しくなく、ただただ恐怖に震えていた。

小一時間恐ろしい時間を過ごし、また元の場所に戻って母の姿を見た時は、心底ほっとして、不覚にもわたしは涙を流した。

母のお財布事情も顧みずにわがままを言ってしまった自分を、今は深く反省している。

そんなことを思い出しながら、三原山を登った。

空は晴れているものの、ものすごく風が強くて、突風が吹くたび飛ばされそうになる。

しかも、めちゃくちゃ寒くて、大袈裟《おおげさ》ではなく、地獄を歩かされている気分だった。

何度も、途中で断念しようかと思ったけれど、今回いっしょに旅をしている仕事仲間のことを思うと、なかなか言い出せない。

寒さのせいか、近年まれにみる頭痛で、久しぶりの過酷な経験だった。

気持ちを励ましてくれたのは富士山だ。

伊豆大島からは、海の向こうに、バッチリと富士山が見える。

その姿が本当に本当に美しくて、騙《だま》し騙《だま》し、足を進めた。

昔は、三原山の火口に身を投げ、自殺する人もいたというけど、ここまで自力で登るくらいの根性があるなら、地上の世界でもまだまだ生きられるだろうに、と思った。

わたしだったら、あまりの辛さに火口まで行くのを途中で諦めて、下山してしまうかもしれない。

夜は、女子3人で、地元のお寿司屋さんへ。

地魚の握りを食べて、それから宿に戻って、デザートのくさやを焼く。

わたし、だいたいなんでも食べられるけど、くさやだけは、本当に苦手だ。

でも、地元の方たちは、日常的にくさやを食べているという。

同行のふたりは、くさやに初挑戦だった。

どうやら、良き出会いだったようで、島の焼酎を飲みながら夜遅くまでくさやに舌鼓を打っていた。

伊豆大島は、日本のハワイ島かもしれない。

東京から近いので、ふらりと遊びに行くのにちょうどいいですよ！

波に浮かぶ港の朝ごはん

12月6日

伊豆大島で滞在したのは、波浮という集落だ。

波に浮かぶ、と書いて、「はぶ」と読む。

ここは、天然の港がある島の南に位置する地区で、昭和10年から20年頃は、ものすごく栄えた場所だという。

宵越しの金を持たない豪快な海の男たちが、波浮港に立ち寄っては、散財した。

港には旅館が立ち並び、遊郭が軒を連ね、土地の値段も日本でもっとも高い時代もあったというから驚いてしまう。

漁獲高もかなりあり、朝、港に行けばそこらじゅうにお魚が落ちていたそうな。

けれど、それも今は昔の話。

ある時期からガクンと魚が獲れなくなり、しかも船の技術が進歩したことで波浮港に寄港

せずとも航海できるようになった。

現在では空家が増え、そこに住んでいるのはわずか450人ほど。

夜はゴーストタウンのようで、明かりも乏しく人もいなくて、正直、ひとりで歩くのには勇気がいる感じだった。

それでも、かつての面影を残そうと、少しずつ若い人が波浮に移住して、新しい風を吹かせている。

日曜日の朝は、そんな移住組のひとりが営む素敵なカフェへ。

おりしもドラマ『東京放置食堂』の舞台に使われていたので、お客さんが続々とやって来る。

とっても居心地のいいカフェだった。

それもそのはず、わたしの友人でもある井田君の設計だという。

島にある黒磯作業所で作っているという天然酵母のレーズンパンのトーストとカフェオレで、島に流れるのんびりとした日曜日の朝の時間を堪能した。

島の名産である大島バターと椿オイルを混ぜた特製バターをたっぷりとつけながら、しみじみ、幸せが込み上げてくる。

カフェを営む女性店主もものすごくカッコよくて、これまでいい仕事をしていい生き方をしてきたんだな、というのが表情や仕草からもれなく伝わってきた。

あまりに居心地が良くて長居したくなり、デザート代わりにホットチョコレートもお願いする。

こういうカフェが、近所に一軒でもあれば、わたしは生きていける。

午後は取材に出かけ、伊豆大島の気持ちのいい場所をたくさん教えていただいた。

曇り空の海もまた美しくて、惚れ惚れした。


夜は、カフェの女性店主に教えてもらったラーメン屋さんへ。

実は、波浮には晩御飯を食べられる店が極端に少ない。

しかも、日曜日はお休みのところも多くて、気をつけないと食いっぱぐれてしまう。

でも、その前に宿の近くの高林商店で軽く一杯。

ここは、子どものおやつから大人のお酒から明日葉からトイレットペーパーまで何でも扱う町の商店なのだけど、店の奥に小上がり席があって、店で買った商品を好きに飲んだり食べたりすることができるのだ。

それで、ルックスのかわいい山形の果実酒と、おつまみに干し芋を買って温めてもらい、食前酒とあいなった。

楽しい。

干し芋、そんなに食べないかと思ったら、ふたりで一袋をペロリ。

山形の南陽市のグレープリパブリックで作られているリンゴとラフランスの発泡酒もドライで味わい深く、すいすい飲める。

ここでも店主に、空き家情報など、島のあれこれをお尋ねする。


その足で、ラーメン屋さんへ向かった。

夜道は、真っ暗。

星が、キラキラ輝いている。

まずは島海苔と明日葉のお浸しを注文し、ラーメンは、迷った挙句、お店の一押しだという塩味の島海苔ラーメンにする。

大正解だった。

貝の出汁と、島で採れた塩で味付けしたスープで、麺も美味しいし、何より島海苔がこぼれそうなほどたっぷり入っている。

あぁ、美味しい、と何度もつぶやきながら麺を啜《すす》った。
地元の方とも交流できたし、大満足で店を出る。

そして帰りは、船で帰ってきた。
老後は伊豆大島で暮らすのもいいかも、なんちゃって。
何より、東京から近いのがすごくいい。

おまけで、波浮港のちょこっとおすすめ情報です。
一押しは、なんと言っても、Hav Cafe。
金、土、日のみの営業だけど、味も雰囲気も女性店主も、最高です。

その同じ通りにある、港鮨も、美味しかった。
地魚の握りが、1950円だったかな？
お寿司を食べるなら、港鮨さんへ。

揚げたての美味しいコロッケやメンチカツが食べられるのは、鵜飼商店。

地元の人は、差し入れなどで、１００個とかまとめて買うそうです。

お店でお酒が飲めるのは、高林商店。
新鮮な明日葉や、美味しそうなコッペパンも買えます。

ラーメンを食べたのは、よりみち。
ここは、日曜日もやってます。
味も、good です！

くさやコレクション

12月14日

伊豆大島のお土産に、くさやを買ってきた。

くさやって、好みがはっきり分かれる。

好きな人はものすごーく好きだし、嫌いな人は絶対に食べない。

そしてわたしの周りには、好きな人が結構いる。

わたしは、後者の方だけど。

土産物を売るどこのお店でも、くさやは特等席で並んでいた。

本当は、宿で焼いて食べたみたいな、パックに入っていない、地元の人がお魚として普通に買って行くくさやを持って帰りたかったのだけど、さすがに公共交通を使うことを考えると、周りの目が、というか鼻が、気になってしまう。

それで、真空パックに入っているのをいくつか買った。

たくさんまとめて入っている方がお得なのだろうけど、開けたら臭いのだろうと思い、食べきりサイズの少量パックにする。

きっと、その方が喜ばれるだろうと思ったのだ。


そんな中で見つけたのが、くさやのオイル漬けである。

いかにも手作りっぽい佇《たたず》まいを見て、これは買わねばと手が動いた。オリーブオイルに、島唐辛子とニンニク、ローリエ、ハーブ塩を加え、そこに焼いたくさやが漬けてあるそうだ。

うむ、どんなお味なのだろう？

くさや香は、和らぐのだろうか。

これ、明日葉とペペロンチーノにしたら美味しいだろうなぁ、と思うのだが、明日葉が手に入らないので、代わりにルッコラを使って作ってみよう。


それにしても、時が過ぎるのが早すぎる。

この間、家を留守にしている間に宅配便が届き、電話で再配達依頼の手続きをしていたのだが、希望の再配達日を入力するところで、どうしてもエラーになってしまう。

明日が無理なら明後日、明後日が無理なら明々後日と、次の希望日を入力するのだが、入れても入れても、その日付では受付できません、と言われてしまう。

なんで？　と思ってよくよく考えたら、わたし、11月の日付を入れていたのだ。

つまり、わたしの頭の中は、まだ11月。

だから、家の前にクリスマスのリースが飾られているのを見ると、えっ、もうクリスマスなの？　と驚いてしまう。

あと半月も経てば、除夜の鐘だというのに。

本当に、師走は駆け足で過ぎていく。

今年は、後半からが特に全力疾走だった。

一陽来復　12月23日

冬至が過ぎ、今日からまた少しずつ日が長くなる。

そんなことを実感させる、今日の夜明けの太陽だった。

連日、お風呂への行き帰りに富士山が見えて嬉しくなる。

昨日の湯船には、人の頭ほどもある大きな柚子《ゆず》が浮かんでいた。

ラトビアで田舎のクリスマスを体験したのは、ちょうど2年前になる。

クリスマスも、もとは自然信仰に由来するものだという話を聞いて、目から鱗が落ちる思いだった。

確かに、クリスマスを、太陽の復活を歓迎する時間だと思うと、日本人の生活習慣にも違和感なく馴染んでくる。

冬至とクリスマスが近いのは、決して偶然ではない。

冬至が過ぎ、ほんの少し光の量が増えることを喜んでみんなでお祝いする、つまり一陽来復を寿《ことほ》ぐのがクリスマスだと、今の私は理解している。

ということで、どうぞ、楽しいクリスマスを！！！

お粥さん　12月31日

大晦日《おおみそか》の朝、お粥《かゆ》を炊く。
ちょうど、土鍋にヒビが入っていたので、その修復も兼ねて、コトコト。
お粥を炊いている時の、ほんのりと甘い香りがたまらない。
お米と水の量は、1対6。
ほんのちょっとのお米で、しっかりとした量のお粥になる。
おかずには、昨日作った牛ごぼうと、蓮根のきんぴら、キムチ、ひきわり納豆を。
今年作ったおかずは、なるべく今年のうちに食べてしまいたい。
お粥を炊きながら、来年早々に出る『針と糸』の文庫の再校ゲラをチェックする。
今年はちょうど金曜日まで年末なので、わたしの仕事納めは31日。

土日だけ休んで、年が明けた3日から、仕事を始める予定だ。

そう、びゅんびゅん飛ばしている。

楽しいので。

『針と糸』を読み返しながら、色々あったなぁとしみじみ振り返った。

そりゃ、半世紀近く生きていれば、色々あって当然だ。

わたしは、車の運転も、舗装された道路よりオフロードの方が好きだったりする。

山の中のぐにゃぐにゃ道とか、他に車がいなければ、最高に楽しい。

仕事机と台所を行ったり来たりしながら、おせちを作る。

やっぱり、おせちを作らないと年が越せない。

五目なます、伊達巻、黒豆のほか、ごまめ、酢蛸、かずのこ、などなど。

ちょこちょこっと、嫌にならない程度に作った。

なますも伊達巻もごまめも、どうも出来がいまひとつだが、仕方がない。

それにしても、いつになったらかまぼこが、ビシッと真っ直ぐ切れるようになるのかな？

一本を半分にし、更に半分にして、それを更に半分にして8本に切るのだが、厚さも微妙に違うし、線も曲がっている。

相当集中して切らないと、かまぼこは美しくならない。

台所仕事が全部終わってから、最後の掃除。

とにかく、窓ガラスが曇っていると気分が悪いので、古新聞を使って窓拭きをする。

キュッキュッキュ、と音がするのが気持ちいい。

台所の掃除して、お正月道具を出して、ゆりねの散歩に行って、今、やっとお茶で一服。

檜原村の紅茶と、ぴーちゃんがベルリンから送ってくれたマジパンと、干し杏《あんず》。


これからお風呂に行って一年分の疲れを癒し、夜は鶏鍋だ。

年越し蕎麦を食べて、今年も一年が終了する。

早いなぁ。つい1ヶ月くらい前に、去年の大晦日を過ごした気がしてしまうのだけど。

みなさま、今年もお疲れ様でした。

本書は文庫オリジナルです。

幻冬舎文庫　小川 糸の本

ツバキ文具店

小川 糸

言いたかった
ありがとう。
言えなかった
ごめんなさい。

伝えられなかった大切な人への想い。
あなたに代わって、お届けします。

ラブレター、絶縁状、天国からの手紙……。
鎌倉で代書屋を営む鳩子の元に、
今日も風変わりな依頼が舞い込みます。

画・shunshun